ELLERY QUEEN

Blow Hot, Blow Cold

エラリー・クイーン外典コレクション

3

エラリー・クイーン
森沢くみ子［訳］
飯城勇三［解説］

熱く冷たいアリバイ

原書房

熱く冷たいアリバイ

Blow Hot, Blow Cold by Ellery Queen, 1964

目次

登場人物一覧

ナンシー・ハウエル　ピッチャーに作ったジントニックを分け合って飲みたいが、一口では盛り上がれないとわかる。

デイヴィッド・ハウエル　シェイディ・エーカーズの郊外でのモットーは〝汝の隣人を愛せよ〟――デイヴィッドは諸手を挙げて賛成だが、彼の妻はかばうことこそ、よい隣人の条件だと信じている。

ジョン（ジャック）・R・リッチモンド医学博士　この惚れ惚れするほどハンサムな医師は、黒い往診鞄だけでなく、ブロンド美人も手にしている――どちらも彼の秘密でいっぱいだ。

ヴェラ・リッチモンド　すてきな医者と結婚した気の毒なほど臆病な元看護師。夫の不規則な生活もさることながら、色気を振りまく夫の不倫相手に腹を据えかねている。

ライラ・コナー　頭のてっぺんから足の先まで、他人を悩ませずにはおかない。

ラリー・コナー　現代版、放浪の詩人ヴィヨン。ライラにとって四番目となる寝取られ夫は、冷めた解決法を選ぶ。

メイ・ウォルターズ　誰もが関わるのを避けたがる、がみがみ女。

スタンリー・ウォルターズ　女の尻を追いかけまわす男はみな似たり寄ったりだが、この不格好な道化はストライプ柄のパジャマを着ている。

オーガスタス・マスターズ警部補　他人を欺く刑事の緩んだ後ろ姿は、無実の者に信頼されないが、罪を犯した者に警戒心を抱かせもしない。

警察署長　貨物列車さながら、めったに見かけることのないこの老警官は、引退すべきだ。

検死官　短気だが職務に忠実な彼は、検死は一晩に一件でじゅうぶんだと考えている。

ルース・ベントン　魅力的なこの赤毛の女を、マスターズは、コナーの秘書としてではなく、〝愛人〟としてファイルする。

アグネス・モロー　四十年以上も自分の倫理観を守りつづけている有能な看護師だが、殺人ともなれば話は別だ。

ジェイク・キンブル　年老いた夜間警備員の観察眼によって、殺人者が電源を入れた方法が明らかになる。

ルイス・シュリル　このナイトクラブの経営者は、悪臭漂うごちそうをあさる金棒引きだ。

ある冬の日のこと。男がサテュロスと食事をしながら、両手に息を吹きかけていたところ、サテュロスがどうしてそんなことをしているのかと尋ねた。男は、手を温めているのだと答えた。そのあと、スープが熱すぎることに気づいた男は、スープに息を吹きかけた。またサテュロスにどうしてそんなことをしているのかと訊かれた男は、スープを冷ましているのだと答えた。「そういうことなら」とサテュロスが言った。「おまえとの友情もこれまでだ。同じ口から熱い息を吹いたり、冷たい息を吹いたりするんだからな」

イソップ寓話（紀元前五七〇年頃）

1

シェイディ・エーカーズの郊外、ナンシー・ハウエルはキッチンテーブルの前に座っていた。そこからだと、開いた窓と低い植え込みの向こうに、ラリーとライラのコナー夫妻が暮らしている持ち家が臨める。コナー家の裏手には敷石のテラスがあって、ナンシーはライラがそれなりに布地のあるビキニ姿で現れ、テラスで日光浴を始めるのを今か今かと待ち構えていた。もうすっかり午後なのに、ライラはまだ出てきていないし、出てくる気配さえない。まあ、暑すぎるせいかもしれない、とナンシーは心の中でつぶやいた。日なたは三十八度を超えている。自分やライラのようにすっかり小麦色に日焼けしていても、直射日光に身をさらすのは用心しなければならない。

ライラが日光浴に出てきたら、ナンシーは自分も地味なビキニを身につけ、コナー家のテラスで彼女と寝そべるつもりだった。だからといって、とりわけ今日の午後、どうしても日光浴がしたいわけではない。ライラに家へ招き入れてもらいたいのだ。この暑さでは、十五分かそこらも寝そべっていれば、ライラは室内へ戻る気になるはずだし、そうすれば、当然ながら、一緒にどうかと声をかけてくれるだろう。

ライラの家にはエアコンがあるが、ナンシーの家にはないというのがポイントだった。いや、それは正確ではない。というのも、夫のデイヴィッドと休む二階の寝室には窓用エアコンが一台ついているからだ。でもそれは、家中のダクトに優しい風が心地よく送り込まれ、その風が通風口からすべての部屋に吹き出てくるセントラルエアコンとはちがう。部屋から部屋へと絶妙な冷気が流れるセントラルエアコンは、なんというか、心躍る——本当に官能的な——（とりわけ、身につけているのがビキニだけなら）感じなのだ。自分は窓用扇風機に熱風を吹き付けられて身体がほてり、小麦色の肌がじっとりと汗ばんで、汗が胸の谷間をしたたっているというのに、ライラが家に一人きりでいるというのは、彼女にとっても無駄なことではないだろうか。

うしろめたさを覚えて、ナンシーはたじろいだ。エアコンのことでライラを妬ましく思ったせいではない。羨んだことで、図らずもデイヴィッドを非難することになったからだ。彼女はデイヴィッドに満足していたし、彼を誇りにもしていた。いわゆる成功している会計士——ラリー・コナーがそうだ——なら、苦もなく設置できるセントラルエアコンも、学校教師——デイヴィッドがそうだ——には手が届かないことはじゅうぶん承知していた。デイヴィッドを深く愛していて、彼を裏切ることなど絶対に考えられない。とはいえ、たしかに、ラリー・コナーも魅力あふれる男性だ。胃が空っぽの状態でマティーニを二、三杯も飲めば、女性は彼にいけない想像をしてしまうだろう。路地を挟んでこのブロックの反対側にある階層構造の家で暮らすメイ・ウォルターズは、ラリーとライラのことをあまりよく思っていないが、ナンシーは二人がとくに幸せそうでもなく、人前できつい言葉をぶつけ合うことが珍しくなくても、彼らが好きだったし、デイヴィッドもそうだった。

腕時計に目をやった。まだ結婚していなかった三年前のクリスマスにデイヴィッドが贈ってくれたものだ。ちょうど三時だった。時計がそう示しているからといって、本当に三時きっかりとはかぎらないが、まあ、その頃だということはわかる。いずれにしても、ライラが日光浴をしにテラスへ出てくることはもうなさそうだ。

ナンシーはため息をついて、期待するのをやめた。代わりに、トールグラスに冷たいジントニックを作って、エアコンのある二階の寝室へ行くことにした。少し横になって昼寝するのもいいかもしれない。そうすれば、いつのまにか五時になって、デイヴィッドが土曜日だというのに、朝から仕事をしている高校から戻ってくるだろう（二人にはもっとお金が必要で、そのためにデイヴィッドは夏期講習で矯正英語を教えていた。だが、これは彼には苦行だった。というのも、デイヴィッドによれば、矯正英語をとるのは血の巡りが悪い学生ばかりだからだ。帰宅したときの彼は苛立っていることが多く、ジンの助けを借りてようやく、機嫌がよくなるというありさまだった)。

やることが決まって立ち上がると、ナンシーは腿《もも》に張り付いていたショートパンツを無意識に引っ張った。トールグラスに氷を入れて、ジンとトニックウォーターをそそぐ。飲み物を手に、こぢんまりとした玄関ホールを抜け、階段をのぼって寝室へ行った。

家の中でそこだけは涼しく、ナンシーはブラウスとショートパンツがどれほどべったりと肌に張り付いているか初めて意識した。軽くシャワーを浴びようと、グラスをベッドサイドテーブルに置いて、ブラウスとショートパンツを脱ぎ、バスルームへと急ぐ。温かいシャワーをじっくりと浴びたあと、水に切り替えて、針のように細かく吹き出す甘美な水の下でさっと身体をくねらせた。

寝室に戻ると、クローゼットの扉の裏側についている姿見で、自分の身体を眺めた。そう悪くなかった。ライラ・コナーに決して引けはとらない。ナンシーは、日焼けをしていない上下の部分がなかなかセクシーに見えると思って、微笑んだ。人目を気にせず裸で日光浴できる場所がないのは残念だ。なにしろ、過激とは無縁の節度あるビキニを身につけていてさえ、近所の人々は口さがない。たとえば、メイ・ウォルターズはビキニそのものに眉をひそめる——とりわけ、夫のスタンリーが近くにいるときは。メイは一度ならずナンシーとライラに、日に焼けた肌より、透明感のある白い肌のほうが〝よほど魅惑的〟だと、聞こえよがしに言ったことがある。そのうえ、彼女によると、肌にある油分が失われて、早くしわになるというのだ。ナンシーはしわ一つない鏡の中の自分を見て、また微笑んだ。

すっきりと爽やかな気分で、ベッドへと歩いていき、その端に腰を下ろして、グラスをとった。ジントニックをゆっくり飲みながら、今夜のことを期待とともに考える。ジャックとヴェラのリッチモンド夫妻は裏庭でバーベキューをする予定で、ハウエル家とコナー家とウォルターズ家を招待してくれていた。つまり、暑いキッチンで夕食を作らなくてすむし、デイヴィッドは外食するとなると財布に響く支出もしなくてすむのだ。リッチモンド夫妻は、コナー家の反対隣にある石造りの牧場風の家に住んでいた。ジャック・リッチモンドは、会計士よりさらに稼ぎのよい医者だ。けれど、ジャックもヴェラも気取りがなく、社交家で、誰とでも気軽に接した。二人は、全国規模の投票に少なくとも一度、でも二度以上は行っていないので、招待した三組の夫婦より十歳ほど年上のはずだった。

トールグラスから飲んだジントニックが胃を焼きはじめた。ナンシーはグラスをベッドサイドテーブルに戻すと、ベッドに身を投げ出した。

デイヴィッドが帰ってきたらいいのに。ナンシーはそう願いはじめた。だが、デイヴィッドは帰宅は五時になると言っていたし、今はまだ三時半になったところだ。仰向けになって夫の帰りを待ちわびる女にとって一時間半は長いわ、と彼女はうとうとしながら思った。次にぱっと目を開けると、デイヴィッドがベッドの端に腰かけ、彼女のおへそをじっと見つめていた。ナンシーが起き上がって夫の首に両腕をまわすと、二人の状況はたちまち可能性に満ちたものになった。

「あなた」ナンシーはデイヴィッドの耳に息を吹きかけた。「やっと帰ってきてくれたのね」

「ああ、そうさ」デイヴィッドは彼女の背中をなでた。「こうしてきみと二人でいる」

「いい一日だった?」

「とんでもない。地獄のようにかっかしていた。ストレスも溜まりまくりだよ」

「どういうこと? 土曜に授業はないでしょう?」

「でも、クラスの提出物の採点があった。本気で取り組んだのだとしたら、まじめな落ちこぼれが習得できたのがあの程度だなんて、驚き以外のなにものでもないよ」

「矯正英語をとるしかない学生に期待しすぎちゃだめよ、あなた。理解が早いわけじゃないんだもの」

「たしかに。なんてぐっとくる曲線なんだ」デイヴィッドはナンシーの片方の胸をぼんやりと指でたどった。「すばらしい柔軟性だよな。なにしろ、あっという間にサイズがFからCへ、CからAへと変わるんだから」

「デイヴィッド、くすぐったいわ!」彼女はくすくす笑って、夫の手をぴしゃりと叩いた。

ナンシーは臆面もなくヘッドボードにもたれかかると、熱すぎるほどのまなざしでデイヴィッドを眺めた。正直言って、デイヴィッドは目の保養になるというほどではない。ナンシーが熱っぽく見つめることで、彼女にもわからない不思議な親密さが生まれるのだ。それは初めて出会ったときから感じたことだった。今でも感じているし、この先もずっと感じていたいと心から思っている。デイヴィッドの短くカットした髪が〝淡い〟としか形容しようのない色でも、手足が身体のわりに大きくても、鼻が彼の笑みのようにゆがんでいても関係ない。要するに、デイヴィッドには若い女の興奮をあおったり、慎み深さを捨てさせたりするものはないが、それにもかかわらず、ナンシーを心地よくぞくぞくさせるものがあるのだ。つまり、願ったり叶ったりの状態だった。

「あなた」ナンシーは目を半ば閉じて、つぶやくように言った。「今は何時?」

「五時半だ。なぜだい?」デイヴィッドが手を伸ばす。

ナンシーはさっと転がって、その手を避けた。

「このあとの予定を立てているだけよ。リッチモンド家の裏庭でバーベキューをするのは七時。それまでにたっぷり楽しめるわね。一緒にシャワーを浴びるところから始める?」

「それは飛ばそう」デイヴィッドは待ちきれないように答えた。「でも、ぼくは浴びてきたほうがよさそうだ」

「お願いだから、あなた……手早くね」

そこでデイヴィッドはバスルームに駆け込み、ナンシーはシャワーの音がするのを待ってから、ベッドをさっと滑り出て化粧台へと行き、上の空でショートの金髪を三、四回ブラッシングした。そのあと、カーテンの隙間から、坂になっているマカダム舗装の通りをのぞいた。リッチモンド家の前の道路脇に、地元のビール販売業者の配達トラックが止まっている。バーにあるような注ぎ口と加圧式汲み上げポンプのついた金属製のビール樽を載せた小型の台車を、運転手がリッチモンド家へと押していた。

とにもかくにも、デイヴィッドは帰宅したし、樽は到着したのだから、今日という日はいいほうに向かっている。ナンシーがそう思ったとき、混じり気のない情熱を目に浮かべたデイヴィッドが、まだタオルで身体を拭きながら近づいてきて、彼女は目の前のことしか考えられなくなった。

「容赦はしないぞ、ベイビー！」

「望むところよ」ナンシーは口の中でつぶやき、両腕を広げた。

2

バーベキューパーティは、結局のところ、バーベキューではなかった。もちろん、だましたわけではない。このあたりでは、裏庭で料理して食べることをバーベキューと呼ぶ習わしになっているというだけのことだ。実際のところは、フライドポテトを添えたハンバーガー、つまりパテやなんかを焼いたもので――すべてジャック・リッチモンド医師が炭焼きグリルで調理していた。ジャックには炭焼きグリルでパテを焼くのに並々ならぬこだわりがあり、手伝ったり口を挟んだりすることはいっさい〝禁止《ファボーテン》〟。糊の利いたコック帽とエプロンを身につけている医師は、料理人にしか見えず、その彼が作るハンバーガーは、本人の言葉どおり、ほっぺたが落ちそうなくらい美味だった。

ハウエル夫妻はたっぷり楽しんだあと、ナンシーはショートパンツ姿で、デイヴィッドはスラックス姿で、七時にリッチモンド家へ向かった。コナー家の裏庭を横切っていると、だしぬけに窓が開いて、ラリーの大声がした。

「やあ、お二人さん！　ぼくらもすぐに合流するよ」

ナンシーとデイヴィッドはあっという間に閉まった窓に向けて手を振り、二つ目の低い植え込みを越えてリッチモンド家の庭に入ると、ジャックがきれいに並べた赤熱する炭を一心に見つめているテラスへ上がった。ジャックは振り返って、挨拶代わりに炭挟みを掲げてみせ、ナンシーは——自分でも——これまで出会った中で彼ほど顔立ちの整った男性はいないということを認めるしかなかった。どうしてジャックのことをそれほど客観的に見られるのか不思議だった。自分には倒錯の気でもあるのかもしれない、と彼女は思った。美しくまっすぐな鼻より、ゆがんだ鼻を好むのは、普通じゃないのではないかしら。

「ようこそ、ご近所さんたち」ジャックが声をかけてきた。「ラリーが怒鳴ってなかったかな？」

「ええ、叫んでいたわ」ナンシーが答えた。「彼とライラはすぐに合流するそうよ」

「それはそうと、ラリーは機嫌がよさそうだったな。あの上機嫌がそのままもってくれることを願うよ」

「いや、ラリーなら大丈夫さ」とデイヴィッド。

「そうだね、ライラも美人だし、二人はすてきなカップルだ。まあ、けなし合いが始まると、状況はいささか緊張したものになるが」

ナンシーもジャックの言うとおりだと認めざるをえなかったが、それは胸にしまっておいた。ジャックに、ライラとラリーのことをそんなふうに話していい権利はない——それが事実だとしてもだ。たしかに、ライラとラリーはお酒を飲んでいるときはとりわけ、突然、いがみ合うことがある。きっと、ライラが相手を選ばず、その性的魅力を惜しみなく振りまくせいだろう。とはいっても、自分の二度の経験からいって、ラリーだってある特定の状況下では、必ずしも引っ込み思案とはいえない。どちらにしても、ライラは〝色情症〟にはあたらないんじゃないかしら、とナンシーは思った。実際、ライラはその情熱的といっていい見かけの下に、冷酷な面があるのではないかと疑っていた。なにしろ、ライラはかなり意地の悪い二枚舌を使う人だという印象を受けるときがあるからだ。たとえば、気の毒なスタンリー・ウォルターズに対する態度。スタンリーが女性にもてるタイプでないのはたしかだが、彼に的外れなことを口走らせようと、ライラがわざと興奮をあおる様子にはどこか不快感を覚える。あれは、ライラがメイ・ウォルターズを苛立たせるためにやっているのだ。たぶんライラはスタンリーにとってそれがどれほど残酷なことかわかっていないのだろう。ライラからはなにも得られないうえに、妻からこっぴどく責められるスタンリーは二重の被害者だ。ナンシーは肩をすくめた。いろいろあっても、彼女はライラのことが好きだった。ジャックが始めた話題がこれ以上続かないよう願った。

そのとき折よく、ヴェラ・リッチモンドがスライスしたトマトとキュウリと、甘酢漬けのオニオンを山盛りにした大ぶりの木製のボウルを持って家から出てきた。ヴェラがボウルをテーブルに置くと、ナンシーはそばへ行って挨拶をし、手伝えることはないか訊いた。ヴェラはあると答えた。

「まあ、ナンシー」とヴェラ。「両脚ともすごくきれいに焼けているわね。脚があらわなショートパンツ姿はセクシーだわ」

ヴェラ自身もショートパンツ姿で、彼女がナンシーの脚を手放しでほめたのは、脚に関しては、なんの引け目も感じる必要がなかったからだ。ヴェラは顔については、鼻が大きすぎ、歯が出すぎだったが、脚は長くて形がよく、ほんのわずかでもナンシーの脚に見劣りがするものではなかった。

ナンシーが気の利いた言葉を返すと、ヴェラは上顎の長い歯をむき出して笑った。ヴェラに案内されたキッチンには、ごちそうが盛られた大皿やボウルやトレイが運ばれるのを待っていた。ヴェラ・リッチモンドについて一つはっきりと言えるのは、彼女が開くパーティで期待を裏切られることは決してないということだ。たとえ、ごく近所の人間だけを招いて、ハンバーガーをメインにした今夜のようにささやかなものであっても。パテは脂肪分が重量の半分も占める挽肉などではない――ヴェラはいつも最高級のステーキ肉をミンチしたものに、それに合う舌もとろけるようなつまみ料理を買う。ヴェラはかつてジャックが研修医をしていた病院の看護師で、食べ物もろくにない子だくさんの極貧家庭の出身だった。

二人でさらに二往復して、すべての料理をテラスへと運んだ。その頃には、ライラとラリーのコナー夫妻は隣の家から、メイとスタンリーのウォルターズ夫妻は路地向こうの家からやってきていた。ライラはデイヴィッドとしゃべっていて、ラリーはメイと話し、スタンリーはグリルのそばにジャックと並んで立っていた。そのジャックは、クーラーボックスから取り出した、大きくておいしそうな赤身の牛肉のパテを焼きはじめている。誰もがグラスに注いだビールを飲んでいた。

「ねえ」ナンシーは声をかけた。「どうして料理を運んでいない人ばかりがビールを飲んでいるの？」

スタンリーが樽のところへ行って、二つのグラスにビールを注ぐと、哀れを誘うほど色男を気取ったつもりで麗々しくナンシーとヴェラに差し出した。スタンリーは不格好に太っていて、やることなすこと喜劇よりも滑稽に見える天性の道化者めいたところがある。チェーン展開をしている靴店の店長としてこの町に来たものの、仕事を失ってしまった彼に、メイは巨額の銀行融資を受けさせて自分で商売を始めさせた。スタンリーの〈お手頃価格の家族の靴店〉は危なっかしい状態でスタートを切ったあと、結局は軌道に乗った。銀行から借りたお金はほとんど返済が終わっている。メイのおかげで、スタンリーの商売は順調に繁盛しているだけでなく、彼もまっとうな人生を歩めていた。メイは背が高くて、鮮やかな赤毛に、日射しに耐えられない白い肌をしている。身長からすると太っているわけではないが、胸とヒップが豊かなせいで、実際より体重がありそうに見えた。

「二人の女神に」スタンリーがにこやかな笑みを浮かべる。「神々の酒を」

「スタンリー」メイがラリーから顔をそらして言った。「ばかをやるにはまだ早いでしょ。ビールを二杯は飲んでからにしてちょうだい」

スタンリーは自分の感情を隠せない性質《たち》だった。顔を真っ赤に染めて、涙をこらえる幼い少年のように下唇を噛む。無言のまま、彼はグリルへと戻っていった。間の悪いことに、ライラのそばを通るしかなかった。ライラは手を伸ばしてスタンリーの腕をとった。

「あら、スタンリー、挨拶のキスもしてくれないのね。なにかあたしに怒ってるの？」

ライラは誘うように顔を上向かせ、スタンリーはパブロフの犬さながら条件反射でキスをした。たちまち彼は自分がなにをしたのか悟って、ぎょっとした表情になった。重苦しい沈黙が流れる。その場を救ったのはデイヴィッドだった。

「教えてほしいな」デイヴィッドがぶすっと言った。「いったいどうやったらスタンリーは特別扱いしてもらえるのか。ぼくはまだ誰とも挨拶のキスをしていないのに」

デイヴィッドが、ナンシーにはいくらか心がこもっていると思えるキスをライラにしたあと、ラリーが宣言するように言った。「聖書では、〝歯には歯を〟とある」そして、つかつかと歩み寄ってくると、ナンシーにはまったくのふりとは感じられない情熱のこもったキスをした。そのせいで、間近にいたメイもその気になったようだったが、ジャックが間髪を入れずメイにキスをすることで、相手のいない彼女を救った。そのあと、みんな入り乱れてキスを交わしはじめ、そのまま放っておけば、パーティはおあずけになるところだった。

まもなく、パテがグリルで焼き上がってきた。誰もがハンバーガーに舌鼓を打ちはじめ、樽へ何度もビールを注ぎに行く。メイでさえおとなしくなって、哀れなスタンリーを窮地から抜け出させようと細心の注意を払ったジャックの心遣いを楽しんでいた。

八時を過ぎて夕闇が迫ると、細い三日月が空に現れた。パーティも盛り上がってきた。

それからだいぶ時間が経って——九時か十時か——ナンシーは気がつくとラリーとレッドウッド材のベンチに座っていた。両手で飲み物を口に運んでいたラリーは、飲むほどに真顔になり、悲しげで、途方に暮れた様子になっていく。普段からナンシーは、ラリーは喪失感にさいなまれているのではないかと考えていた。愛に夢中になったが、二人の関係はこじれてしまい、仕事に没頭したが、やりがいが見出せなくなり、希望にすがったが、それも雲散霧消していた。ラリーは詩人になるべきだったのだ。少なくとも、詩人に見える——熱に浮かされたような目に細身の身体、浅黒い肌、いつも乱れがちな黒髪。彼はフランスの詩人、フランソワ・ヴィヨン——愛するパリの町を離れたあと、消息不明となった——を連想させた。

「出立したときのパリはどんな感じだったの？」ナンシーはしかつめらしく尋ねた。

「なんのことだい？」とラリー。

「気にしないでちょうだい、ラリー。ちょっと酔ったみたい」

「隣人にふさわしいキスをさせてくれるくらいに？」

ラリーはナンシーに考える間を与えずにキスをした。彼女は驚きに打たれながらも、軽く優しく、拒むべき親密さはみじんも感じられないキスに心を揺さぶられた。

「きみは優しいね、ナンシー。ぼくは自分がデイヴィッドだったらと思うよ」

「どうしてデイヴィッドだったらいいの？　今頃デイヴィッドはどこかでライラとキスを交わしているかもよ」

「それなら、デイヴィッドに同情するね」

「もう、ばかなこと言わないで、ラリー。ライラは美人だわ。人気女優ナタリー・ウッドにそっくりで、いやになるくらい」

「似てるかな？　ぜんぜん気づかなかったよ。なんていうか、注意力――あるいは、物事を感じ取る力――が衰えてしまって」

「ラリーったら、おじいさんみたい」

「たしかに、ちょっと大げさだった。でも、本当なんだ。近頃、『グレート・ギャツビー』を著したF・スコット・フィッツジェラルドのことを考えるよ」突如としてラリーが話題を変えた。

「ジャックになにかくれるよう尋ねるべきじゃない？」ナンシーはくすくす笑った。

「そうかもしれないな。フィッツジェラルドはそういったテーマを持っていた。人生でもっとも悲しいのは、物事を強く感じる能力が低下することだ。それを彼は〝障害〟と呼んだ。感性の障害だ。ちょっと耳を澄ませてみてくれないか、ナンシー。なにが聞こえる？」

ナンシーは耳を澄ませた。だが、酔いがまわって少し頭がくらくらしていたし、聞こえるのは自分だけの音楽である快い耳鳴りとジャックが室内からテラスに向けて流しているハイファイの音楽ばかりだ。

「これといったものは聞こえないわ」ナンシーは答えた。

「それこそぼくが言いたかったことだ。ぼくらは耳を傾けさえすれば、実に多様な音に囲まれている。子供のときなら、こんな夜はどうだったか、覚えているかい？　ぼくは腰を下ろして、音を一つずつ選り分け、それぞれの音に耳を傾けたものだ。切なくて、胸が痛むといってもいいほどの経験で――どこかほろ苦く、陶酔めいたものがあった。けれど、なにもかも徐々に消えていく。記憶には残っているものの、ぼくはもう聞いたり感じたりはしないんだ」

「試しつづけるのよ、ラリー。そうすれば、感性も戻ってくるわ」

「戻ってこないよ。もう二度と」

ラリーがあまりに奇妙な言い方をするので、ナンシーは落ち着かない気分になってきた。それと同時に、彼のぼさぼさ頭を自分の胸に抱き寄せたくてたまらなくなる。その衝動を彼女はうまく抑えつけた。きっとビールのせいよ、と自分に言い聞かせる。それにその強烈な感情は、母親めいた思いやりよりずっと危険なものにつながりかねなかった。そこで、ラリーが会話を続けるのを待つだけにした。

「ライラとぼくがどんなふうに出会ったか知ってるかな。彼女はきみに話したことがあるかい？」

「ないわ」

「だったら、よかった。ライラがこれまでにどんな話をしていようと、どれもまずまちがいなく嘘だから」

「ラリー、ライラのことをそんなふうに言うもんじゃないわ。酔っているのね、きっとそうだわ」

「〝ワインの中に真実はある《イン・ヴィーノ・ヴェリタス》〟という格言があるが、まさに、ビールの中にこそ真実はある、だよ」ラリーは声をあげて笑った。「ライラは世界一の嘘つきだ。知らなかったのかい、ナンシー？　ぼくは気づくのにずいぶん時間がかかった。もっと言うなら、彼女は常軌を逸した嘘つきだ。本当に、真実を話すより嘘をつくほうを選ぶ。良心の呵責もなければ、善悪の区別もつかない。頭がやられてしまっているんだよ、ナンシー、そのうえ治療法もない。彼女を救うには、狂犬病にかかった犬を射殺するように、撃つしかないんだ」

酔っ払いのたわごとに聞こえていたなら、ナンシーはさっさとベンチから腰を上げて立ち去っていたことだろう。だが、ラリーは酔っているような口ぶりではなかった。それどころか、まったくのしらふで、言葉を選ぶことさえして——声に出して深刻な問題を熟考しているかのように——しゃべっている感じだった。

「あとで後悔するようなことは口にしないほうがいいわよ、ラリー」ナンシーはたしなめた。

「あら、ライラとジャックだわ。二人と合流しましょう」

レッドウッド材のベンチから立ち上がりかけたナンシーを、ラリーが手をぎゅっとつかんで引き戻した。それまで彼女は、ラリーが話をしているあいだ、ずっと手を握られていたことに気づいていなかった。

「ちょっと待ってくれ、ナンシー。ライラと出会ったときのことを話そうとしていたんだ。カンザスシティでのことだ。ぼくは二人の先輩会計士と会計事務所で働いていた。当時、結婚を考えていた女性もいた。ある晩、カクテルパーティに出席して、そこでライラと出会った。彼女はマティーニを手に、一人きりで部屋の隅の席に座っていた。ぼくは近づいて、声をかけた。そしてライラと会場をあとにして、ディナーを食べ、彼女のアパートメントへ行った。ライラは身の上話を始めた。それによると、彼女を痛めつけることに快感を覚えるサディストの夫と離婚したばかりだということだった。ぼくは煮えたぎるような怒りを覚え、彼女を守ってやらなければという気持ちになって、ろくでなしの元夫に憎悪を募らせた。

話はまるきりでっちあげだった。ライラと結婚して一年くらい経った頃にその元夫と出会ったが、実はまた会いたいと思うほど気持ちのいい男だった。しかも、ライラが言っていたような、最初の夫ですらなかったんだ。彼は三番目の夫で——つまり、ぼくは四番目。今ライラはまだ二十六歳なのに。最初の結婚はなんと十六歳だった。最初の夫と三番目の夫は離婚で、二番目の夫は自殺している」

「ラリー、本当にもうやめるべきよ。こんな話、聞きたくないわ」

「ぼくを信じてくれないのかい？」

「ただ聞きたくないだけよ」

「頼むよ、ナンシー。きみにだけは信じてほしいんだ。この先なにが起きても理解できるよう知っておいてほしい」

「そんなふうに言うのはやめて、ラリー。なんだか怖いわ！」

「いやいや、きみを怖がらせるつもりはないんだ。話ができるようになるためのセラピーみたいなものさ。お願いだから、続けさせてくれ。どうしてライラとぼくが一年ほど前、ここへ引っ越してきたのか考えたことはないかい？」

ナンシーはベンチの背にもたれた。「キャンベルさんの仕事を引き継ぐために来たんでしょう？彼が亡くなる少し前にあなたが事務所を買い取ったと聞いたわ」

「本当は、小さな町でライラと再出発できると思ったからだ。ぼくは結構な額の収入を得ていてさえ、彼女がためこんだ一万ドル分ほどの請求書は支払えなかった。ここでなら、ライラは変わるかもしれないと期待したんだ。だが、変わりはしなかった。カンザスシティ時代の借金の半分近くはまだ未払いなのに、またしても彼女はぼくを首までどっぷりと借金浸けにしている。ぼくはもう逃げ出したほうがいいのかもしれない」

「逃げるのはよくないわ、ラリー」ナンシーは居心地が悪くてしようがなかった。

「どうかな。きみらは隣人に恵まれているよ、ナンシー」

「そう思っているわ、デイヴィッドもわたしも」ナンシーはぼんやりとつぶやいた。

「それは真実を知らなかったからだし、たぶん聞いたことを今は信じていないからだ。ともかく、礼を言うよ」

「ええ、ナンシー」突然ライラの声がベンチのうしろから聞こえた。「そんなふうに言ってくれるなんて、あなたは優しいわ。ねえ、ラリー、酔っ払いの妄想でナンシーを楽しませていたの？　あなたって、どうしていつも酔いがまわるとそんな恐ろしいほら話をせずにいられなくなるのかしら」

ナンシーはぎょっとしたのと決まり悪さとで、素早く立ち上がった。ライラはなんとも言えない奇妙な笑みを浮かべて夫を見ていた。ライラの横に立つジャックは、診察室で見せる医者にふさわしい顔つきだ。ラリーは肩をすくめただけで、背後に顔を向けもしなかった。

「そんなにこっそりと背後に忍び寄ってこなくてもいいじゃないか、ライラ。ちょうどナンシーに、きみは精神病質者《サイコパス》だと話していたんだ」

「聞こえたわ。ナンシー、どうかラリーを許してね。この人ったら、かわいい女性と見れば、気を引こうとしてあれこれ言ったり、したりするのよ」

「二人ともそのへんにしないか」ジャックが口を挟んだ。「さあ、もう一杯ビールを飲もう」

「あたしたちは遠慮したほうがよさそう」とライラ。「そろそろ家に帰るわ。あなたも家に帰るほうがいいと思わない？」

「そうだな」ラリーはため息をつくと、何度も挫折を味わったかのように、打ちのめされ、疲れた様子で、腰を上げた。「おやすみ、ナンシーにジャック。この次は、招待客のリストをもっと吟味したほうがいいよ、ジャック」

ラリーは自宅のあるテラスの向こうの暗がりへ歩み去った。ライラが乾いた小さな笑い声を漏らす。なにか言いたそうだったが、肩をすくめ、夫に続いて立ち去った。

「やれやれ」ジャックが口を開いた。「あの二人はまたやってくれたな。いったいぜんたい、なにを長々としゃべっていたんだい、ナンシー？　最後のほうしか聞こえなかったが」

「話したくないわ、ジャック」

「わかった」彼はすぐさま答えた。「ほかにも鎮火できないか確認しに行こう。メイがまたしてもスタンリーを容赦なく攻撃していると思うから」

ところが、メイとスタンリーのウォルターズ夫妻はそれまでとは打って変わって休戦中で、しかもそれからまもなく、騒動も起こすことなく、二人で別れの挨拶をして、路地向こうの家へ戻っていった。テラスの後片付けをするヴェラをナンシーが手伝っているあいだ、ジャックとデイヴィッドは最後のビールを飲んだ。それが終わると、ナンシーとデイヴィッドも、コナー家の裏庭を通って家に帰った。十一時頃のことで、まだそれほど遅い時間でもないのに、コナー家は二階の一部屋以外はすっかり明かりが消えていた。

3

「ねえ」ナンシー・ハウエルは夫に声をかけた。「ライラのことをどう思う?」

「美人で、セクシーで、喜んで誰とでも寝る女。コデマリの茂みでそれを思い知らされた。つまり、男なら誰でもいいということをさ」

デイヴィッドはナンシーに背中を向けて横たわっていた。彼女のほうは丈が短い淡いイエローのナイトガウン姿で、反対側のベッドの端に腰かけている。部屋はぼんやりとした明かり――ベッドサイドテーブルのランプ――が一つ灯っているだけだった。デイヴィッドが眠りたいためで、だからこそ、彼はナンシーに背を向け、彼女の問いかけにそんな言葉を返したのだ。デイヴィッドの返事は会話を封じるものになるはずだった。どんな答えを口にしたにせよ、彼が実際に言いたかったのは、〝頼むから、しゃべるのをやめて、明かりを消して寝てくれ〟だった。あいにく、ナンシーは少しも眠たくなかった。

「それって、ラリーとわたしがレッドウッドのベンチで愛を交わしていたときのことかしら」ナンシーはやり返した。「もう、デイヴィッドったら、まったく。それで、ライラのことをどう思うの？　まじめな話。つまり、これまで本心ではどう思っていたの？」

「今答えたじゃないか」

「ラリーは、彼女は善悪の区別もつかないと言ったのよ」

「そのとおりさ。うれしいことに、ライラにはモラルというものが完全に欠けている」

「ラリーによれば、彼女は常軌を逸した嘘《ライ》つきだそうよ」

「ぼくは横《ライ》になることに大賛成だ」デイヴィッドが眠そうに言った。「きみだって、今すぐベッドに入ってみるか――横になって、明かりを消してみないか。おやすみ、男たらしさん」

「男たらしですって！　あなたを起こしてもおけないのに」

「ライラのあとじゃ身が持たないよ。朝になったら、真っ先にぼくを誘ってくれ」

「ラリーが言ったことに関心すらないの？」

「彼は酔っていた。酔っ払いの話なんて、まず興味をそそられないね」

「ラリーが酔っていたかどうかよくわからないわ。話し方も態度も、酔っ払いのものじゃなかったもの」

デイヴィッドはわざとらしくいびきをかいてみせた。もう一言もしゃべる気はないという意思表示だ。それでナンシーは口を閉じてベッドの端に腰かけたまま、ラリーが自分の妻をどんなふうに見ているかについて考えを巡らせた。ライラのことが心から好きな彼女は、それが真実であってほしくなかった。そう思う一方で、ラリーにも同じくらい好感を持っていたため、偽りであってほしくもなかった。

ほどなくデイヴィッドは、どうやら寝たふりではなく、本当に眠ったようで、寝息を立てはじめた。ナンシーはバスルームへ行った。鏡の上部についているコンセント――普通は電気剃刀のプラグを差し込むものだが、デイヴィッドは使わないため空いていた――に差した小さな常夜灯をつけて、ドアを開けたままバスルームを出る。寝室に戻った彼女は、ベッドサイドテーブルのランプを消すと、バスルームへ戻った。歯磨き粉をチューブから歯ブラシに出して、勢いよく歯を磨く。そのあと浴槽の縁に腰かけ、夫が楽しいこと――会話やなにやかや――に関心を示さなかった場合、女はどんな行動をとるのか考えてみた。まあ、階下へ下りてサンドイッチを作ってもいいけれど、欲しくはないし、コーヒーを淹れてもいいけれど、飲めばいっそう目が冴えるだけだ。それで、どちらもやめておいた。正直なところ、ビールのせいでなんだか頭がぼんやりしている。自分に本当に必要なのは、外に出て夜の新鮮な空気の中を散歩することだと、彼女は思った。

やるべきことが決まったナンシーは、さっそく行動に移した。足音を立てないように寝室へ戻って、パーティで身につけていたシャツとショートパンツとフラットシューズを見つけるとバスルームへ引き返し、ナイトガウンを脱いで、再び身につけた。そして階下へ下り、玄関から出た。三日月は姿を消して、星々が夜空に輝き、やわらかな西風が吹いている。夫が眠ってしまった妻には望みどおりの、まったく気持ちのいい夜だった。

ナンシーは玄関先の階段にしばらく腰を下ろしていたが、やがてゆったりとした足取りで通りへ向かった。左手に曲がって、星空を見上げながら、ぶらぶらと歩いていく。コナー家の前庭の向こう端にある私道まで行ったとき、家に隣接した車庫のシャッターが派手な音をさせて上がっていった。明かりのついた車庫の中にラリー・コナーが立っている。彼は愛車のビュイック・スペシャルに乗り込んでエンジンをかけ、バックで出てきた。私道で止めて車を降りると、車庫の明かりを消し、シャッターを下ろす。そしてビュイックに戻って、通りの方へゆっくりとバックしてきた。歩道にいるナンシーのそばまで来たとき、それまでそんなつもりはまったくなかった彼女だが、ラリーに声をかけた。

「こんばんは、ラリー。どこへ行くの？」

ラリーは急ブレーキをかけてビュイックを止め、窓から顔を出して目を凝らした。

「なんだ、きみか、ナンシー。こんな時間にそこでなにをしてるんだい？」

「眠れなくて、散歩に出てきたのよ」

「なるほど、散歩にふさわしい夜だ」ラリーの口調はよそよそしいと言ってもいいほど、堅苦しかった。

「本当にそうね。満天の星に、夜風も心地いいわ」

「ぼくがどこへ行くのかと訊いたね？」彼はぶっきらぼうに尋ねた。

「そういえば、訊いたと思うわ、ラリー」

「実は、事務所へ寝に行くんだ。家で眠れないとわかったときは、事務所へ行って、そこで寝るのさ」

この言葉はコナー家の家庭問題を表しているようで不吉に響いた。ナンシーはラリーが話題を変えるか、走り去るかしてくれるのを期待して、無言でじっと立っていた。期待は外れた。

静けさの中で、なにかわからないが、奇妙にリズミカルな音が聞こえてくる。ラリーがやりきれないような感じで断続的に指でハンドルを叩く音だった。ほんの数秒続いただけで音は止まり、ラリーが穏やかに口を開いた。

「今夜ぼくが話したことを覚えているかい、ナンシー？」

「どのこと？」

「実際はどうなのか理解してほしいということ」

「たぶん。ええ——」

「ちゃんと覚えておいてくれ。おやすみ、ナンシー」

「おやすみなさい、ラリー。じゃあ、また明日ね」

「明日はどうかな。ひょっとしたらね」

ラリーは車をバックさせて通りに出ると、方向を変えて町の方へと走り去った。まったくもう、とナンシーは思った。眠れそうだと思いはじめた矢先に、またもや心をかき乱されて、これではとても寝つけそうにない。本当に、ラリーが意味深長なことを口にしない——つまり、なにも言わないか、洗いざらい話すか——だけの思いやりを持ってくれたらよかったのに。

ナンシーは歩いて引き返し、また玄関先の階段に腰を下ろして、ラリーの言葉にはどんな意味があるのか、考えをまとめようとした。ラリーがなにを言ったとしても、彼とライラがパーティから帰ったあと、二人のあいだで新たな問題が起こったのはまちがいなかった。そうでなければ、こんな時間に職場へ泊まりに行くはずがない。ひょっとして、ラリーがわたしに話したから、キスをしたからだろうか。ナンシーは自分がうしろめたく感じるのはばかげていると思い直した。本気でキスされたいとも、話を聞きたいとも思っていたわけではなく、友愛精神を発揮したにすぎなかったのだから。

十分ほどそうしていたあと、ナンシーは立ち上がると、家をまわり込んで裏庭に入りながら、煙草を持って出ることを覚えていたらよかったのにと悔やんだ。そのとき、急に煙草を吸いたくてたまらなくなったのは、ウォルターズ家の裏庭がある路地の向こうで小さく火が輝くのを目にしたせいだと気づいた。誰かが庭で一服やっているのだ。スタンリーしか考えられなかった。メイは吸わないのだから。気の毒なスタンリーもきっと眠れないのだろう、と彼女は思った。

路地沿いの柵のそばまで行くと、ウォルターズ家の庭の小さな赤い点を暗がり越しにじっと見た。

「スタンリー」ナンシーは小声で呼びかけた。「あなたなの？」

赤く光る点がさっと動いた。

「誰だ、そこにいるのは？」スタンリーの声だった。「何者だ？」

「ナンシー・ハウエルよ。路地の柵のそばにいるの」

赤い点が近づいてきて、スタンリー・ウォルターズの姿が判別できるようになった。巨体を強調しているだけの太いストライプ柄のパジャマを着ている。スタンリーはつかの間、ナンシー本人か確かめるかのようにウォルターズ家の柵から身を乗り出していたが、門を注意深く開けると、路地を横切ってきた。

「一人でこんな場所に出てきて、なにをしてるんだい、ナンシー？」

「眠れなくて。すてきな夜じゃない？　とても涼しいわ」

「天気予報じゃ、明日はそれほど暑くならないそうだよ」

「そう願うわ。このところ暑すぎて日光浴さえできなかったもの。ひょっとして、一本余分に煙草を持ってないかしら、スタンリー？　吸いたくてたまらないの」

「煙草を吸うなんて、とんでもない！　ナンシー、あんたのように美しい女性は永遠に生きつづけるべきだからね」

これも少し、〝二人の女神に神々の酒を〟のように、スタンリーが騎士道精神めいたものを発揮しようとして言ったことだったが、夜遅い時間に暗い中で向き合って立っている今は、さほどばかげて聞こえなかった。それどころか、胸に響いた。というのも、それは率直な言葉で、単語の一つひとつにスタンリーの心がこもっていたからだ。ナンシーはスタンリーが差し出した煙草を受け取ると、彼からもらい火をして、深々と煙を吸い込んだ。ひんやりとした星の輝く夜に吸う煙草は、香り豊かで申し分なく、肺がんなど気にならなかった。

「ありがとう、スタンリー、命の恩人だわ」

「お礼をもらいに、あとで寄らせてもらうよ」

「そんなことをするのね」ナンシーは笑った。「あなたも眠れないの？」

「ああ。メイはすぐに眠ってしまったけどね」

「デイヴィッドもよ。ぐっすり眠っているわ」

「だいぶ長く外に出てるのかい？」

「しばらく前からよ」

「少し前に、ラリーの車が出ていく音が聞こえたように思ったんだが。彼を見かけたかい？」

「たしかに、ラリーだったわ。ライラと喧嘩したみたい。事務所で夜を過ごすつもりだと言っていたから」

「ラリーはそんなことをすべきじゃない。つまり、そんなふうにライラを一人残して出ていっちゃいけない」

「ライラのことなら心配ないわ、スタンリー。独りぼっちの夜は初めてじゃないもの。わたしだってそうよ」

「考えすぎるのがラリーの悪い癖だ。疑心暗鬼になってる」

「ライラのことで？」

「口出しすることじゃないが、ライラはラリーからあんな態度をとられていいはずないんだ」

「彼はライラにどんな態度をとっているの、スタンリー？　わたしにはよくわからないんだけど」

「ラリーが彼女にひどい言葉を投げつけているのを聞いたことあるだろう。ライラのことをよく理解していないってだけで」

スタンリーがライラのことをよく、というか誤って理解しているのは明らかだった。ナンシーは、話題にすべきではないことについて触れすぎたことを自覚した。それに、日中の暑さからすると奇妙な感じだったが、鳥肌が立ちはじめていた。震えながら最後の一服をして、煙草を柵の向こう側に放った。スタンリーが反射的に革製のスリッパのかかとで踏みつぶす。パブロフの犬ね、とナンシーは心の中でつぶやいた。

「そろそろ家の中に戻るわ、スタンリー。煙草をありがとう」

「礼には及ばないよ。じゃあ、おやすみ」

家まで半ばのところで、ナンシーはスタンリーも屋内に戻ったのか確かめようと、肩越しに振り返った。だが、彼はさっきと同じ場所にまだ立っていた。最初は騎士道精神で彼女が家に入るのを見届けようとしているのだと思ったが、彼の注意が別の場所に向けられていることに気づいた。コナー家の裏庭の上の方に顔を向けている。スタンリーはコナー家の明かりのついた寝室の窓を見つめているのだ！　ライラが今夜は一人きりでいて、どうやらまだ起きている部屋を。頭をよぎった考えがあまりに突拍子もないものだったので、思わず笑いを漏らした。

まさか、ありえないわ！　ナンシーは胸の内で叫んだ。いくらあのスタンリーでも、そこまでするほど愚かじゃない。

自宅に入ったナンシーは二階へ上がった。デイヴィッドは相変わらず、いぎたなく眠っている。ナイトガウンに着替えると、ベッドに入って彼のそばで仰向けに横たわり、長いあいだ、動きたい――起き上がって本を読んだり、煙草に火をつけたりしたい――という誘惑と闘った。そして、その見事なまでの自制心を延々と働かせたあと、気を緩めた瞬間に、彼女は眠りに落ちた。

4

デイヴィッドよりはるか遅い時間に寝たにもかかわらず、ナンシーはずいぶん早く目を覚ました。たちまち意識がはっきりする。樽入りのビールを何杯も飲んだことを考えると、驚くほど気分がよかった。カーテンを閉めてある室内は薄暗い。ナンシーは伸びをしたあと、しばらく静かに横たわったまま、どうすれば日曜日を安上がりに楽しめるか考えた。やがて起き上がると、そっと窓辺へ歩いていき、カーテンを開けた。前庭の芝生はこのところ雨が降っていないせいで、ところどころ茶色に変わりはじめている。歩道寄りの枯れた芝生の上に、『カンザスシティ・スター』紙の日曜版が投げ込まれていた。

ナイトガウンの上からローブを羽織ったナンシーは、階段を下りて外へ出ると、新聞を拾い上げた。気温はスタンリーの言ったとおりで、昨日より涼しかった。運がよければ、このあと雨になるかもしれない。芝生には雨が必要だった。雨になれば、すぐにも芝を刈らなくてはならなくなるだろう。ぼやくデイヴィッドの姿が目に浮かんだ。彼は芝を刈るのがいやなのではなく、機械というものがとにかく苦手なのだ。どんな機械装置も、自分が操作しようとしたとたん、悪意に満ちた生命体めいたものになると確信している。機械装置が思いどおりに動きだすと、彼は驚いて信じがたそうな顔をするし、故障することなくなんとか目的が果たせると、悪の勢力に対して大勝利をおさめたつもりになるのだ。

新聞を手に、ナンシーは家の中に戻った。キッチンへ行った彼女は、水とコーヒーの分量をはかってパーコレーターに入れ、火をつけた。コーヒーが入るまでのあいだ、キッチンテーブルの前に座って新聞を広げる。まず、市民として国民としての義務感で、シェイディ・エーカーズの町とワシントンやモスクワなどでなにが起こっているのか把握しようと、見出しをざっと見ていった。それがすむと、娯楽やショー、クラブ、コンサートなどの情報が載っているページを開いて、自分とデイヴィッドには手は出ないが、どんなものが開催されているのか確認する。コーヒーの香りが立ちはじめた。コーヒーをカップに注いだ彼女は、少しずつ飲みながら、テレビ番組欄と書評欄を読んでいった。ナンシーにとっては、漫画や週刊誌――彼女は読んだり読まなかったりだが――を除けば、こうした欄を含むすべての記事が読むに値するものだった。

そんなふうにして半時間が過ぎた頃、ナンシーは自分のカップにコーヒーのおかわりを入れ、デイヴィッドにも一杯入れた。たたんだ新聞を右腋に挟み、カップとソーサーをそれぞれの手に持って寝室へと上がる。デイヴィッドは目を覚ましていたが、寝ぼけ眼だった。低いうめき声をあげながらコーヒーを受け取る。まだ目の焦点がしっかり合っていないのが見て取れたので、ナンシーはなにも言わず、おはようと声をかけることさえせずに、新たな一日の元気づけとなる明かりを入れるためにカーテンを引き開けた。

「あなた」ナンシーは呼びかけた。「ぜひとも言っておきたいんだけど、ゆうべのあなたには幻滅したわ。とりわけ、家に帰ってからは。だって、あなたのしたことといったら、眠っていびきをかいただけだもの。わたしは家を出て、ほかをあたるしかなかったわ」

「よかったじゃないか」デイヴィッドはぼそっと言った。「女性でなにより感心するのはその自発性さ」そして、コーヒーをうまそうにごくりと飲んだ。

「わたしが誰かと出会ったかどうか訊く気さえないの？」ナンシーは不機嫌そうに尋ねた。

「わかったよ。誰かと出会ったのかい?」

「実はね、コナー家の前でしばらくラリーと過ごしたの。そのあと、路地でスタンリーと密会したのよ」

「なんて貪欲なんだ、きみは。協力的な隣人に恵まれてよかったな」

「協力的ですって! ラリーもスタンリーも、絶望的に物足りなかったわ。ラリーはライラと喧嘩した直後で、事務所で夜を明かしに出かけるところだったのよ。そのあと路地で、この話をスタンリーにしたとたん、彼はライラについて勝手な想像を始めて、わたしになんて、これっぽっちも関心を示さなかった。あなたなら、率直に言ってくれるでしょう。わたし、デオドラントを変えるべきかしら?」

「ブリジット・バルドーに新しいブラが必要だと思うかい?」デイヴィッドはぼんやりと言った。「抱きしめるのには無用の長物さ。ラリーもスタンリーも外に出ていただけのことだろう。あの二人できみが女性らしい気分を取り戻せるなら、相手はほかにいくらだっている」

「そう思う? あなたは女の自尊心をくすぐるのがうまいわね」ナンシーは急に話題を変えた。「ねえ、あなた、ライラのことをどう思うか教えてちょうだい。正直な気持ちを」

新聞の書籍面を手にしてヘッドボードに寄りかかっていたデイヴィッドは、横目にナンシーを用心深く見た。彼女はまったく他意はない様子でベッドの端に腰かけていたが、警戒心を募らせたデイヴィッドは、誘導尋問だと見抜いた。返事はよく考えてからすべきだ。もちろん、ライラをこきおろすわけにはいかない。それでは事実を子供じみて否定することになって、疑いを招くもとだ。かといって、どれほど客観的に表現しても、正直に評価すれば面倒なことにしかならないだろう。冗談にしてしまうのが得策だとデイヴィッドは判断した。

「きみはゆうべ訊いたし、ぼくは答えたぞ」デイヴィッドは言った。「ライラは美人で、才能豊かで、セクシーだ。スタンリーがあれこれ想像するのも無理はないさ」

「美人でセクシーという点は否定しないわ、一目瞭然だもの。でも、才能豊かって、どうしてわかるの？」

「忘れているようだけど、ゆうべぼくはコデマリの茂みで彼女とずいぶん長い時間を過ごしたんだ」

「コデマリの茂みでライラを見かけたのは、ジャックと一緒のときだけだわ」

「それはぼくと過ごしたあとだ。なにしろ、ライラは育ちがいいからね。パーティの主人役には礼を尽くさないと」

「お願いだから、まじめに答えてちょうだい、デイヴィッド。ほんの少しのあいだでいいから。ライラは深刻な状況に陥っていると思う？」

そうきたか、とデイヴィッドは心の中で声をあげた。その手には乗らないぞ。「どこも具合は悪くなさそうだったぞ、注意深く探りを入れてみたけど」

「わたしが言っているのは、心理的な面でとかよ」

「どうしてぼくにわかる？　ぼくが調べたのは生理学的なものだったからね」

ナンシーはしばらく夫をじっと見つめた。やがて、晴れやかな顔で言った。「なるほど、まじめに答える気はないわけね。かえって好都合かもしれないわ。朝食にする？」

「新聞を読みたいな。もっと遅い時間にたっぷりとした朝食を食べるのはどう？　そうすれば、ランチのことを心配しなくてすむ」

もっと遅い時間にたっぷりとした朝食ね、とナンシーは心の中で繰り返した。つまり、スクランブルエッグにベーコン、ハッシュドポテト、ジャムつきトースト、コーヒーということだ。そしてそれは、デイヴィッドがお昼時に自宅にいるつもりはないけれど、勇気がなくて、それを率直に伝えられないということでもある。

「今日の予定はなにか考えてる？」ナンシーはさりげなく尋ねた。

「予定って？　この新聞を読もうと考えているよ、きみがそうさせてくれるならね」

「今のことじゃないわ。もっとあとでということよ」

「あとで？　ああ！　そうそう、ジャックが今日、一緒にゴルフをやらないか訊いてくれたんだ。もちろん、行くとはっきり答えたわけじゃない。きみさえよければだ」

「かまわないわよ」ナンシーは冷ややかに言った。「妻にとって、日曜に夫から置き去りにされるほどうれしいものはないもの。その夫が一週間ほとんど家にいなかったときはとくにね」

デイヴィッドは新聞を乱暴に置いて、彼女をにらみつけた。「なんだよ、何ホールかまわるのに二、三時間かかったとしても、置き去りというほどじゃないだろう！」

「わたしにいい考えがあるわ。わたしとヴェラが、あなたとジャックについていって、プールで泳ぐんじゃだめなの？」

「ヴェラが行きたがらないのに、だめに決まってるだろう！　それに、きみが大げさに騒ぎつづけるなら、ぼくだって行きたくないさ！」

「あら、よしてよ、ダーリン。あなたが家にいるってことに耳を貸す気はないわ。あなたのゴルフを邪魔しようなんて夢にも思わないもの。わたしはただ昼寝をしたり、気持ちのいい散歩に行ったり、なにかほかにおもしろいことをしたりするつもり」

デイヴィッドは悪態をついた。

ナンシーは散歩の手始めにバスルームへ行った。シャワーを浴びて着替え、十分ほどで出てくると、あえてデイヴィッドを無視した。彼は相変わらず鼻をひくひくさせながら、新聞の書評欄を熱心に読むふりをして、無視されていることを無視している。すでに殉教者めいた顔つきをしているということは、そろそろナンシーのそばに来て、〝やっぱりゴルフには行かないことにする〟と言いだすはずだった。そうすればすぐに彼女が態度を軟化させて、〝行くべきだわ、あなたが男性だけで楽しめることは数少ないんだもの〟と答えると期待して。しばらく譲り合いの精神で議論をしたあと、結局デイヴィッドはたっぷりとした朝食をたらふく食べて、いそいそとゴルフに出かけることになる。女はもちろん建前として、こうした問題について大騒ぎしなければならないが、ナンシーは本気で怒るつもりはなかった。正直言って、いささか気がとがめていた。ジャック・リッチモンドとちがって、カントリークラブに費用を払えないデイヴィッドはそうしょっちゅうゴルフに行けるわけではない。だから、ジャックが誘ってくれたときくらい……

昨日ほどではないにしても、また暑くなりはじめていた。裏庭に出たナンシーは、あれこれ眺めながらぶらついたあと、家の中に戻ってコーヒーをもう一杯飲んだ。するとすぐにデイヴィッドが階段から下りてきて彼女にキスをした。やっぱりゴルフには行かないことにしたと言う。事情が変わった場合に備えて――二人ともそうなると確信していたが――夫がゴルフにふさわしい服装をしていることを彼女は見逃さなかった。ナンシーはたっぷりとした朝食を用意し、デイヴィッドはがつがつと食べた。そのあと彼は、キッチンの後片付けをして午後はなにをしようか思案するナンシーを残して、ばかげたおもちゃを携えて家を出ると、コナー家の裏庭を横切っていった。

気温は上がりつづけ、そよとも風が吹かない完全に無風の暑さとなった。キッチンで窓用扇風機の下に座って、ナンシーはまたしても自己憐憫に浸りはじめた。デイヴィッドがゴルフのあと、クラブハウスのバーで何杯か冷えたビールを楽しむことを考え、さらに気分が落ち込む。分別のある妻ではいたいけれど、暑さに耐えなければならない理由はどこにもない、と彼女は胸の内でつぶやいた。たしかに、デイヴィッドにセントラルエアコンを買うことはできない。でも、窓用エアコンをもう一台か二台買うくらいのお金はなんとか捻出できるはず。そうすれば、一階は部分的にでも涼しくなるんじゃないかしら。ナンシーは彼に相談してみようと思った。とはいえデイヴィッドは、将来的に暖房炉のダクトを通してセントラルエアコンを設置できれば、さらなる窓用エアコンにお金を注ぎ込むのは理屈に合わないと言っていた。もっともな意見ではある――ゴルフをしに行けて、涼しいバーで冷えたビールが飲めるのなら。

コナー家の裏のこぢんまりとしたテラスの方を眺めながら、ナンシーはまたライラのことを考えはじめ、そのとたん、午前中にライラをまったく見かけていないことに思い当たった。ライラが心地よく冷えた家でゆっくり寝ているにしても、この時間には起きているはずだ。午後一時をまわっている。それにたぶん、ラリーが事務所で夜を明かしたことやなんかで、彼女には元気づけが必要だろうし、うまの合う同性とのおしゃべりは歓迎するにちがいない。ライラは相手を落ち着かないような気分にさせることもあるけれど、そうでないときは、ラリーがどう言おうと、付き合って本当に楽しい人だ。だいいち、ラリーが昨夜の喧嘩を誇張して話した可能性だってある。あれこれ考え合わせ、ナンシーはちょっとコナー家へお邪魔するのも悪くはないだろうと結論を出した。とくに、なにか手土産を持っていく場合は。こんな午後を一緒に過ごすのに、ピッチャー入りのジントニックはぴったりだ。気持ちよくエアコンの効いたライラの家で蒸し暑い午後を過ごすという本当の狙いもうまくごまかせる。

ジントニックを入れたピッチャーを手に、ナンシーは裏庭を横切って低い植え込みを越え、コナー家の勝手口へと行った。

呼び鈴を鳴らした。もう一度、さらにもう一度鳴らす。応答はなかった。

一緒に飲むためにピッチャー入りのジントニックを持った隣人ならではの行動で、ナンシーはドアを開けて中へ入った。

「ライラ?」

返事はない。

突然、ナンシーはこれまで経験したことのない奇妙な感じを覚えた。なにかがおかしかった。

でも、なにかしら。

そうだ! とナンシーは気づいた。家の中が暑い――エアコンが入っていないのだ。ライラはどこかへ出かけたにちがいなかった。そして、ラリーは帰宅していないのだ。

奇妙な感じをぬぐえないまま、ナンシーは外に出てドアを閉めると、ピッチャーを持ったまま家に引き返した。キッチンへ戻った彼女は、熱風を送ってくる扇風機の下でジントニックをグラスに注ぎ、口へと運んだ。いったいライラはどこへ行ったのだろう。ナンシーは考えを巡らせた。ちょっと近くへ出かけたというのではないはずだった。それなら、エアコンを切ったりはしない。家の中の暑さは相当なものだった。つまり、エアコンが少なくとも数時間は切られていたはずだ。まさか、ライラがもう家に戻らないつもりで出ていったということはあるかしら。昨夜ラリーが出かけたあとで？　それとも、今朝早くに？　でもそれなら、ドアに鍵をかけるんじゃない？　とはいえ、ライラが怒っていたか、ひどく動揺していたなら、戸締まりのことを考えたり、気にかけたりせずに、ただ出ていったのかもしれない。

ふいにナンシーは、昨夜スタンリー・ウォルターズが路地にたたずんで、明かりのついたライラの寝室の窓を見上げていたときの様子を思い出した。スタンリーなら、ライラの不在の説明になるものをなにか目にしたかもしれない。あまり期待はできないが、万が一にでも目撃していたら、彼は絶対メイに話すだろうし、メイは言うまでもなく、喜んで誰彼かまわず吹聴してまわるはずだ——とくにライラについてなら、そしてそれが好奇心をそそる内容なら、なおさらに。ナンシーは路地の向こうへ行ってメイになにか知らないか——それほど深刻ではない調子で——訊いてみようかと考えた。だが、そうするにはあまりに暑くて面倒だった。ウォルターズ家へ行っても、セントラルエアコンがあって涼めるわけではない。電話をかけるほうが手っ取り早い。そこで、ナンシーはまたジントニックをグラスに満たすと、それを持って、電話をかけに手狭な玄関ホールへ行った。ホールには小型の床置き型の扇風機があるので、彼女は電話をかけながら、むき出しの脚に風をあて、首や顔に風が流れてくるようにした。

路地の向こうで、ウォルターズ家の電話が一度鳴った。すぐに応答があった。

「もしもし？」メイが言った。

「メイ、涼しく過ごしてる？」

「誰？」

「ナンシーよ」

「声であんただと思ったわ。嘘偽りのないところを知りたいなら、地獄より暑い思いをしてるよ」

「こちらも同じよ。雨が降れば涼しくなるかもしれないわ」

「たしかに、西の空にいくらか雲が出てる」

「本当？　気がつかなかったわ」

「雨が降って気温が下がってくれるのを心底願うね」

「ええ、わたしも。ところで、メイ、ライラがどこへ行ったのか知らない？　それを訊こうと思って電話したの」

「ライラが？　知るわけないじゃない、ナンシー。それにはっきり言って、あたしにはどうでもいいことだよ。あの女、家にいないの？」

「そうなの。さっき訪ねてみたんだけど」

「どっちにしろ、昨日の夜以降、あたしは見かけてないね」

「メイ、コナー家のエアコンが入ってないのよ。家の中がものすごく暑くて、長時間エアコンを切ってあるにちがいないの」

「だからなに？　いいかい、ナンシー、あたしはライラ・コナーのことなんてなにも知らないし、知りたいとも思わない。ラリーも出かけてるの？」

「ええ」

「ラリーがあの女のもとを去ったとしても無理ないよ。いや、彼はそんなことしないね。きっと這いつくばってでもライラのもとへ戻るでしょ。ラリーが帰宅したときに訊いてみたら？」

「そうするわ。それじゃ、もう切らないと、メイ」

「さよなら、ナンシー。ライラ・コナーみたいな女のことなんて心配しなくていいよ。あの手の女は決まって、自分で自分の面倒を見るのがすばらしく上手なんだから」

受話器を置きながら、ナンシーはグラスを持ち上げた。会話の合間にがぶりがぶりとやっていたので、もうほとんど空だった。キッチンへぶらぶらと歩いて戻り、また窓用扇風機が熱風を吹き付けるテーブルの前に座った。

さて、このあとはなにをする？　うんざりすることに、まだ午後二時だった。

オーブンの時計で時間に気づいたことで、夕食用にロース肉をオーブンに入れておいたほうがいいということを思い出した。おそらくデイヴィッドは四時か五時くらいに戻ってきて、身体を動かし、冷たいビールを飲んだあとだから、すぐに食事にしたいと言うだろう。まあ、いいじゃないの、とナンシーは思った。早く夕食を食べれば、そのあと自由に過ごせる時間が増える……気をそそられるようなことが起こらないともかぎらないし。さしあたっては、ピッチャーに入ったジントニックがあるけれど、一緒に飲む相手はいない。デイヴィッドはナンシーが一人でお酒を飲むのを快く思っていなかった。アルコール依存症につながりやすい悪習だと言うのだ。けれど、冷蔵庫に入れる前にもう一杯だけ飲んでも、悪くはないんじゃない？

ナンシーはジントニックをグラスに満たして、オーブン料理の支度をしながら飲んだ。ロース肉をオーブンに入れたあと、さらにもう少しだけお酒を注いだ。

それにしても、ライラのことはおかしい、と彼女は思った。

ライラはどこにいるの？

5

ロース肉をオーブンに入れると、ナンシーはすることがなくなった。家の中を所在なげに歩きまわり、ベッドを整えに二階にまで行った。だが、そのあいだもずっと頭の中で小さな声が、〝ライラはどこ？〟と問いかけていた。

「そんなこと、わたしにわかるわけがないでしょう？」ナンシーは声に出して問い返していた。寝室を片付けてまた階段を下りていたとき、執拗に続く小さな声がやにわにメイ・ウォルターズが電話で言ったことを思い出させた。メイはラリーに訊くよう言ったんじゃなかったかしら。

〝そうよ〟頭の中の声が答えた。〝メイは言ったわ〟

「でも、ラリーは家にいないのよ」

〝だったら、自発性を少し発揮なさい。ゆうべラリーは、事務所へ行くと話したじゃないの。ふてくされて、まだそこにいるかもしれないわ〟

「夫婦間の問題に口出しされて喜ぶはずがないでしょう」

〝案外、感謝されるかもよ。ライラが家を出ていって、ラリーがそのことを知らないなら、きっとあなたが教えてくれてありがたいと思うわ〟

小さな声に説得されて、ナンシーはラリーに伝えようと決意した。都合のいいことに、デイヴィッドはジャック・リッチモンドのコルベットに同乗してゴルフへ出かけたため、ハウエル家に一台きりある旧型のシボレーが車庫に残っていた。うれしいことに、車は一発でエンジンがかかった。ほんの数分の運転で町に到着した。

ラリー・コナーの会計事務所は、メインストリートに面したブロックの中ほどにあるこぢんまりとしたレンガ造りのオフィスビルの一階にあった。板ガラスの窓に彼の名前が金色の太字で記されている。窓にはななこ織り《モンクスクロス》のカーテンが引かれていた。

ナンシーは通りに面したドアを三度ノックした。カーテンは微動だにしない。ドアの向こうのベネチアンブラインドも閉じたままだ。わたしったら、なにを期待していたのかしら、とナンシーは思った。とはいえ、ラリーがまったくひどい状態でまだ寝ていないともかぎらない。彼女は車でそのブロックをぐるりとまわって裏側の細い通りに入ると、ブロックの中ほどにある狭い駐車場へと車を進めた。ラリーのビュイックが彼の専用駐車スペースに止まっているのを目にして、思わずはっとした。

シボレーから降りて裏通りを横切り、ラリーの事務所の裏口のドアをノックした。それでも応答はない。そこでドアノブをまわしてみたが、施錠されていた。結局のところ、ラリーは事務所で寝ていないのだろう。どうやら彼はすっかり落ち込んでいるか機嫌が悪いかで家に帰る気にならず、ビュイックを駐車場に止めたまま、どこかこの近くでうろうろしているようだ。

それで、わたしはここでなにをしているの？　ナンシーは自分に問いかけた。

だが、なにか名状しがたいものに彼女は突き動かされていた。

最初に頭に浮かんだのは、ラリーは男っぽく酒を引っかけにホテルのカクテルラウンジへ行ったのではないかということだった。けれどもすぐに、日曜日にはラウンジは閉まっていることを思い出した。もっとも、ロビーで新聞の日曜版を読んだり、テレビを見たりして時間を潰している可能性はある。ナンシーはアップルボームの煙草店——一時的に行き場を失った者がよく集まるもう一つの場所——をのぞいてから、ホテルにも行ってみようと心を決めた。

どちらの場所にもラリーはいなかった。事務所で寝る代わりにホテルに部屋をとったかもしれないので、受付係にも確認したが、彼は泊まっていなかった。

そうね、わたしの役目は終わったわ、とナンシーは自分に言い聞かせた。きっとラリーは、違法に日曜日も営業しているバーにいるのだろう。そうだとすれば、這って帰らざるをえないような状態だとしても、まあ、自力で家に帰り着くはず。わたしもすっかり深みにはまってしまったものね。彼女は自嘲した。でも、よき近所付き合いにも限界がある。不法に営業している酒場のドアをノックすることは範囲外だ。

そこで、ナンシーはシボレーを運転して家に帰ると、車を車庫に止めて、玄関から家に入った。キッチンで肉の焼き加減を確認しながら、流しのそばのカウンターに缶切りが出ていることに気づいた。どうやらデイヴィッドは帰宅して、さらに冷えたビールを飲んでいるらしい。まったくもう。すぐにナンシーは険しい表情で足早に勝手口から裏庭へ出ると、案の定、デイヴィッドがいた。ところが、夫だけではなく、ジャック・リッチモンドもいて――彼がこれまでハウエル家に来た覚えはなかった――二人ともクラブハウスで冷えたビールをさんざん楽しんできたはずなのに、そろって冷たいビールを飲んでいた。ナンシーはデイヴィッドがビールをたらふく飲んだときはいつもそうとわかる。というのも、決まって彼はおもねるような目でナンシーを見るからだ。

「あら、お二人とも」ナンシーは穏やかに声をかけた。

ジャックは紳士がとるべき態度として立ち上がりかけたが、デッキが傾いているのか、彼はうめき声をあげてデッキチェアに引っくり返った。ナンシーは、夫から少し離れた場所に彼と向き合うかたちに別のデッキチェアを置いて座った。

「きみも飲むかい、ナンシー?」デイヴィッドが尋ねた。やはり、おもねるような目つきをしている。

「結構よ」ナンシーは微笑んだ。「冷蔵庫にピッチャーに入れたジントニックが残っているから。わたしはあれをいただくことにするわ」

「わたくしめにおまかせを」ジャックが優しく応じた。

今度はデッキに慣れたのか、ジャックはよろめかなかった。彼がジントニックをとりに行っているあいだ、ハウエル夫妻はまったくの無言で座っていた。ようやく人のよいリッチモンド医師が片手にピッチャーを、もう片手にグラスを持って、慎重な足取りで戻ってくる。彼は注意深くピッチャーから注ぐと、そっとナンシーにグラスを渡した。

「ありがとう、ジャック」つぶやくようにナンシーは礼を述べた。

「どういたしまして、愛しいきみ」夫妻の客人は彼女に流し目を向けながら答えた。

「いったいなんだって」突然デイヴィッドがうなるように言った。「昼の日中からピッチャーいっぱいのジントニックを作ってあるんだ?」

「それはね、あなた」ナンシーはごくりと一口飲んでから返事をした。「することがなかったし、相手をしてくれる人もいなかったからよ。そう、飲むことなら、完璧に一人でできるもの。わかっているわ、あなた、妻はこうしてアルコール依存症になるのよね。退屈さゆえに」

「おやおや」とジャック。

「くそっ」とデイヴィッド。

「それで、ゴルフは楽しかった?」ナンシーは猫なで声で訊いた。

「ああ、楽しかったとも!」デイヴィッドが答えた。「二人で十八ホールまわって、ぼくのスコアは九十二だった」

「それって、いいスコアなの？」

「ときどきしかプレーしない者にとっては、悪くない」デイヴィッドはぶっきらぼうに答えた。

「とんでもない、すばらしくいいスコアだよ」とジャック。

「暑い日に十八ホールもまわったなら、きっとくたくたよね。クラブハウスのバーで冷えたビールをたっぷり飲まずにいられなかったんじゃない？」

「そう、ゴルフではなにをおいても欠かせないものだね」ジャックが熱っぽく言った。「実際、ときにはプレーそのものを省いてもいいくらいだ」

「ぼくが知りたいのは」デイヴィッドが言い募った。「どうしてそんなにたくさん作る必要があったかだ。パーティでも開くつもりだったのか？」

「そんなにたくさんって、なにを？」とナンシー。

「わかってるだろう！　ジントニックをだ！」

「ああ、無駄にしたりはしないわ。冷蔵庫に入れておけば大丈夫よ」

「ボトルに入っているほうがいいに決まってるだろ！」

「でも、ライラと飲むつもりだったのよ」

「大盤振る舞いだね」ジャックが口を挟んだ。「それ以上にライラが喜ぶものはないよ。彼女は大のジントニック好きだから。正確に言うと、ジンが好きで、トニックはどうでもいいわけだが」

「あなたとゴルフのようなものね」とナンシー。

「そのとおり」ジャックが楽しそうに言った。

「どうしてそうしなかった？」デイヴィッドが訊く。

「なんのこと？」

「ライラと飲むことだ」

「彼女が留守だったからよ。わたしの知るかぎりでは、まだ帰ってないわ。二人とも彼女を見かけた？」

「いいや、ありがたいことに」ジャックが答えた。

「それで思い出した」とデイヴィッド。「ぼくらが家に帰ってきたとき、きみも留守にしていたな。きみこそ、どこに行っていた？」

「ラリーに話しに町へ行ったのよ。でも、彼を探し出せなかったわ」

「ラリーまでいなくなっているのかい？」とジャック。

「ゆうべ彼はパーティのあと逃げ出したの」

「まさか！」

「本当よ。出ていく彼に会ったもの」

「またライラと喧嘩したのさ」デイヴィッドが横から言った。

「ラリーにはいいことだよ」とジャック。「逃げ出したからといって、わたしは彼を責めたりしない。責めるとしたら、いつもまた戻ってくる点だ。わたしが彼なら、本気で逃げるね」

「ライラを非難するのは結構だけど」ナンシーは取り澄ました口調で言葉を返した。「すべて彼女が悪いのか、わたしにはよくわからないわ。言わせてもらうと、最近の彼女への批判は度を超してる」

ジャックは缶ビールに口をつけてごくごくと飲んだあと、ぼんやりと缶を振った。そしてその缶を、グラスの上に正確に載せた。

「ライラは」ジャックが口を開いた。「欲張りで、執念深くて、血も涙もないあばずれだ」

この発言を、彼は厳しい診断を下す優しい医者らしい口調でした。それでも、衝撃とも言えるものだった。もちろん、ジャックはかなりビールを飲んでいた。

「ぼくが知りたいのは」デイヴィッドがナンシーに言った。「どうしてラリーを探しに町へ行ったかということだ」

「ラリーなら、ライラがどこへ行ったのか知っているはずだと思ったからよ」

「まったく、人が家を空けるのがそんなに珍しいことか？　なんで心配するのか、ぼくにはさっぱり理解できない。きみが作ったのは、本当にそのピッチャー入りのジントニックだけだったのか？」

「堂々巡りの話をしている自分が信じられないわ、デイヴィッド。わたしが心配になったのは、コナー家のエアコンが切れていて、家の中が暑かったからよ。あなたには、ライラがしばらく出かけるときにエアコンを切るのはもっともなことに思えるかもしれないけど、わたしはそうは思えないの。なにか悪いことが起きているという胸騒ぎがするのよ」

「エアコンが切れていた、か」ジャックが思慮深く言った。

「ヒューズが飛んだんじゃないのか」とデイヴィッド。

「ちがうと思うわ」

「ゆうベラリーが逃げ出したと言ったね？」ジャックが訊く。「きっとライラもその直後に家を出たんだよ。わたしに言わせれば、あの二人の関係はことごとく崩壊したのさ。われわれはいっさい関わらないほうがいい」

「そうとも」デイヴィッドがうなずく。「いっさい、だ」

「そう思うの？　念のために言っておくと、わたしは反対よ。コナー家へ行って、家の中を確認するべきだわ。実のところ、わたしはそうするつもりよ、あなたたち二人が一緒に来ようと来るまいと」

「言わせてもらえるなら」ジャックが口を開いた。「他人事には干渉しないで、自分たちのことに専念するほうが賢明だよ」

「その意見に賛成」とデイヴィッド。「もう一本ビールをどうだい、ジャック？」

「そうだね――」

ナンシーがジャックの言葉にかぶせるように言った。「これから様子を見に行ってくるわ。デイヴィッド、あなたは来る？　来ない？」彼女は硬い表情で立ち上がると、待った。

デイヴィッドはため息をついたものの、腰を上げた。「ジャック、自由にビールを飲んでいてくれないか。すぐに戻ってくるから」

「わたしも行くよ」ジャックも立ち上がって、ため息をついた。「よき隣人として、きみたち二人がトラブルに巻き込まれるのを見て見ぬふりはできないからね」

三人は植え込みを越え、ナンシーがジャックとデイヴィッドを従えるかたちで、コナー家の勝手口へと行った。小さな階段を三段上がるとキッチンで、六段下りると地下室がある。ナンシーは男二人に、地下室でヒューズを確認してきてほしいと頼み、自分はその場に残った。二人が戻ってくる。デイヴィッドが言った。「ヒューズに異常はなかった。エアコンは切ってあるだけだ。やっぱりライラは家を出ていったのさ。ほら、さっさとここから離れよう」

「わたしは二階へ行って、ライラの部屋をのぞいてくるわ。どうってことないわよ」

家の中へ入っていくナンシーのあとから、デイヴィッドとジャックも落ち着かない様子でついていった。どうってことはあった——それも甚だしく。三人は熱気のこもる部屋をいくつも通って階段をのぼり、焼けつくように暑い二階の廊下を進んで、ライラの寝室へ向かう。閉まっているドアを押し開けたとたん、ナンシーは心のどこかで恐れていたように、悪い予感が的中したことを知った。

ライラは寝室の中で息絶えていた。死ぬ際にベッドから滑り落ちたか、床に倒れ込んだかのように、ベッドのそばの床に倒れている。淡いピンク色の透けるような素材のナイトガウン姿で、胸からナイフらしきものの柄が突き出ていた。位置から考えて、心臓に突き刺さっているのはまちがいなかった。柄の周辺は、ナイトガウンの薄い生地を通して、固まって乾いて見える黒っぽい染みが広がっていた。

不意打ちで誰かに腹部を殴られたような気がナンシーはした。苦しげな甲高い悲鳴からすすり泣きへと変わり、夫の腕の中にくずおれた。

「なんということだ」ジャックがかすれた声で言った。「とうとうラリーはばかなまねをしてしまったのか。くそっ、ライラがここまで彼を追い詰めたとは」

6

警察署の電話交換室に近い各部屋のドアは開けてあったため――どの部屋も目下のところ暑い――交換室内の話し声や物音はすべて筒抜けで、自分の仕事に専念したい者の耳にも否応なく入ってきていた。

電話が鳴って昼番の交換手が応対したとき、オーガスタス・マスターズ警部補は、サウナ状態にあることを前向きに考えるのをやめて、我知らず耳をそばだてていた。長年の経験から、交換手の声の微妙なちがいで、ただごとではない内容の電話だと察しがつく――はたしてそのとおりだった。交換手が署長の内線を鳴らして外線電話に出てくれるよう要請している。交換室の向こう側にある署長室からすぐに署長の声が聞こえてきた。少し距離があるため、署長がなにを言っているのかを聞き取るには耳を澄まさなければならない。その気になればマスターズには話の内容がわかるはずだったが、彼はそうしなかった。

というのも、なんであれ重要なことなら、すぐに署長が話しに来るとわかっていたからだ。長年勤務して老齢に達しようとしている署長は、頭脳労働が求められる事件に対応する力を失っており、マスターズを頼り切っていた。

マスターズは自分が署長の後釜に座ることを焦がれるような気持ちで考えるときがあった。だが、定年退職法の適用を受けないこの老署長は、永遠に居座りつづけるかのように思える。とにかく、マスターズはその役職に就けはしないだろうということを自分で認めていた。不幸なハンディキャップ——道化者に見える——を背負っていたからだ。マスターズを前にした人々は、決まって彼がずっこけるか、顔からカスタードパイに突っ込もうとしているかのような反応を見せる。

署長の話し声がやんだことに気づいて、マスターズは胸の内で秒数を数えはじめた。以前は署長が来るまでに九秒かかっていたが、その時間が急速に延びてきている。最近では十四秒だ。十二秒まで数えたところで、署長室から出てきた署長がマスターズのそばの椅子に座った。マスターズは口笛を吹きそうになった。こいつは大事件にちがいないぞ。

しわだらけでロブスターのように赤くなっている署長の顔を一目見るなり、マスターズは電話の内容が重大な事件がらみだというだけでなく、それが悲劇的なものだと察した。署長は明らかにパニック状態だった。葬儀屋が敬意をもって署長の世話をするまで、地元の悪党がその活動をやめて彼をそっとしておいてくれなかったのは誠に遺憾だ、とマスターズは思った。

「何事です？」マスターズ警部補は尋ねた。「殺人ですか？」

長らく干上がったアロヨ渓谷の川床にも負けないくらい深い線の刻まれた老人の額が、髪の生え際までぐっと持ち上がった。

「どうしてわかった？」署長は驚きの声をあげた。

「霊能者なんです」マスターズはため息をついた。「被害者は？」

署長は古めかしい青色のバンダナで顔をぬぐった。「女性で、名前はコナー、ライラ・コナー夫人だ。シェイディ・エーカーズの郊外に在住。夫はラリー・コナーで、会計士だ。彼は行方をくらましており、妻を殺害したものと思われる」一瞬、老署長はうれしそうにも見える表情を浮かべた。「かなり単純明快な事件のようだ、ガス。いくつか細かな点を調べるだけで逮捕できるぞ」

「コナーを見つけたら、ということですね」

「当然だ。ガス、二人は若い夫婦の中でもかなり目立つ存在だったから、きっとマスコミは大げさに書き立てるはずだ」

「この町じゃ、殺人事件も珍しいですからね。わたしが担当しますか？」

「きみの得意分野だろう、ガス。どっちにしても、単純明快な事件だよ」

「ありがとうございます」マスターズはそっけなく言った。

「現場へ行って近隣住民に聞き込みをしなきゃならんが、お手柔らかにな。苦情が来ると困る。通報者はジャック・リッチモンド医師だ――ジョン・R・リッチモンドはおまえも知っとるだろう？　あの手の市民は気分を害すると、あとが厄介だ」

「わたしは相手の気分を害したことなどありませんよ、署長、よくご存じでしょう。愛すべきガス、それがわたしです」

「わかった、わかった。ほら、もうさっさと行け。わしは検死官に連絡を入れておく。これが現場の住所だ」

マスターズはメモを受け取って警察署を出た。彼にはごくわずかに辛辣な面があるだけで、腹を揺するその笑いに含まれるあざけりは慎ましいものだった。郊外の住宅地までは十分足らずの運転で、そのあとものの五分とかからずに目的の家が見つかる。奇妙なことに、あたりにはまったく人影がなかった。

コナー家の裏へまわっていくと、話し声が聞こえはじめた。

敷石のテラスに六人の男女が集まっていた。みないっせいに口を閉ざして、マスターズが最後の階段を上がってくるのを値踏みするような目で見つめている。彼が喜劇王の異名をとった故W・C・フィールズに似ていることで、警察官としては低く評価しているのが手にとるようにわかった。マスターズは気にしなかった。これが有利に働くということを身をもって知っているからだ。

「マスターズと言います」彼は自己紹介をした。「警部補です。どなたがリッチモンド先生でしょうか?」

「わたしです」ジャック・リッチモンドが答えた。

「たしか、先生が殺人だと通報されたのですね」

「そうです。コナー夫人は刺殺されています。二階の寝室にいますよ。いえ、遺体があります」

「先生が遺体を発見したのですか？」

「はい」

「わたしも一緒でした」ナンシーが口を挟んだ。「ナンシー・ハウエルと言います」

「ぼくもいました」デイヴィッドが言った。「夫のデイヴィッド・ハウエルです」

「いきさつは？」マスターズは尋ねた。

「ジャックが行きたがらなかったからです」とナンシー。「それを言うなら、わたしの夫もですけど。わたしが一人でも行くと言い張ったら、二人は一緒に来ることに同意したんです」

「そういう意味でお訊きしたのではないんです、ハウエル夫人。誰であれ、どうしてコナー家の寝室へ行ったのかを知りたいのです。このあたりでは、勝手に他人の家へ入って寝室をのぞくのが普通なのですか？」使い古された手だな、とマスターズは思った。相手を怒らせて、口を割らせる。

　だが、顔を赤くさせただけで、三人からそれ以上の反応は引き出せなかった。どうも彼らは、人が殺されたというショックからまだ立ち直っていないようだ。

「ライラとラリーは昨日のパーティで喧嘩していました」ナンシー・ハウエルと名乗った愛らしい女性が言った。「そのあと、ラリーは家を出ていって、ライラは朝からまったく姿を見せていませんでしたから、それで心配になったんです」

「そこであなたはコナー家を訪ね、夫人の寝室へずかずかと入り込んだわけですか」

「そうじゃありません。そんなに単純な話じゃないんです。最初はジントニックを入れたピッチャーを持って訪ねて、そのときは勝手口からちょっと入っただけですけど、エアコンが切ってありました。どうして切っているのかわからなくて、気にかかりはじめたんです。それで、ラリーが事務所にいるなら、彼に会いに行こうと思い立ちました。でも、彼を見つけられませんでした」

「どうして日曜の朝にコナー氏が事務所にいるかもしれないと考えたのですか？」

「ラリーがそう言ったからです。その、ゆうべ車で出ていく彼と会ったときに。ライラと喧嘩した日は、彼、ときどき事務所で寝ていたんです」

「なるほど」マスターズは相づちを打った。

納得できていたわけではないが、起きた事象が整理されていないという印象を受けたため、遺体と殺害現場を調べたあとで整理してみるつもりだった。コナー家のテラスに集まっているこの隣人たちのもとへ早めに戻れば、口がなめらかでかなり思考が散漫な若い女性がもっとも役に立ってくれそうだった。

「遺体のある場所へ案内してもらえますか、先生」マスターズはジャック・リッチモンドに顔を向けながら頼んだ。

「よろしければ、わたしも行きます」とナンシー。

「ぼくは遠慮しますよ」デイヴィッドが言った。「どうしてもとおっしゃるなら別ですが」

「お一人でじゅうぶんです」マスターズは答えた。「リッチモンド先生、お願いします」

殺害現場となった寝室のドアの前で、ジャック・リッチモンドは脇へ寄った。マスターズは部屋に三歩入って足を止めた。床に女性が倒れ、左胸から凶器の柄が突き出ている。生きているときはさぞかし男心をくすぐる女性だったにちがいないとマスターズは思った。

「この部屋でなにか触ったものはありますか、先生?」

「いいえ。ナンシーが遺体を目にして気絶してしまったので、デイヴィッドはテラスまで彼女を運ぶしかありませんでした。わたしはすぐに階下《した》のホールにある電話で警察に連絡しました」

「適切な行動でした」

マスターズは遺体のそばに膝をついて、指先で肌を押してみた。凶器はナイフではなく、金属製のペーパーナイフだった。明らかに死後かなり時間が経っている。危うくリッチモンド医師に意見を訊きそうになったが、用心して思いとどまった。検死官の死体検案書を待ったほうがいい。マスターズは立ち上がって、指先をハンカチで拭いた。ざっと室内を見てまわった。

「おもしろいですね」

「あなたのユーモアのセンスによりますが」ジャック・リッチモンドが戸口から言った。

「変だという意味ですよ」

「なにがです?」

「この部屋です。少しも乱れがない。夫婦喧嘩の末に殺害となったのなら、揉み合った形跡があるはずですが」

「そうとはかぎりません、警部補。ラリーには変わった面がありました。たまりかねて凶行に走ったとしても、彼なら物静かにやったとも考えられます。おそらくたまたまペーパーナイフを手にし、ライラが彼の意図に気づくより早く犯行に及んだのではないでしょうか」

「あなたは彼の仕業だと信じて疑っていないようですね、先生」

「状況がすべてを語っているじゃありませんか。ラリーは逃げ出していますし、ほかに誰がやれたと言うんです?」

マスターズはうなった。「どうして凶器はペーパーナイフだと思うのですか?」

「柄の形からいって、あれはペーパーナイフでしょう」

「たしかに、そうです。目がいいですね、先生。エアコンが切ってあった理由は? なにか考えはありますか?」

「ええ。ゆうべ二人が帰った頃には天候が変わって、ずいぶん涼しくなっていました。窓を開けるつもりだったのではないでしょうか。エアコンより新鮮な空気のほうがいいに決まっていますからね。わたしも妻もそうしたんです」

「ですが、窓は一つも開いていません」

「開けてまわる暇がなかっただけでしょう。おそらくすぐに喧嘩を始めて」

「すばらしい推理ですね、先生。さて、もうここですることはありません。あとは検死官と指紋採取係が到着するのを待つだけです。テラスにいる人たちのもとへ戻りましょう」

廊下に出たマスターズは、予想もしなかったものを目にしたかのように急に足を止めると、寝室のドアのそばの壁を食い入るように見た。

「サーモスタットですか?」

「そうじゃないでしょうか。ええ、サーモスタットですよ」

マスターズは近づくと、人差し指で温度設定のダイヤルをゆっくりとまわした。少ししたあと、送風口から装置が作動するかすかな音とファンのまわる音が聞こえてきた。

「作動していますね」とマスターズ。

「もちろん、作動するでしょう。なにを期待していたんですか?」

「故障していたのではないかと思っていたのです。でも、ちゃんと動いている」マスターズがダイヤルをもとの位置へ戻すと、小さな機械音は止まった。「サーモスタットは、わざとエアコンの風が吹き出てこない設定になっていたにちがいありません」

「当然でしょう。ゆうべは我が家もそうしましたよ。ラリーとライラだって窓を開けるつもりだったんですよ」

「またしても、実に論理的な説明ですね、先生。では、そろそろ階下へ下りましょうか」

コナー家のテラスに戻ると、ジャック・リッチモンドはその場にいる者たちを一人ずつ紹介し、マスターズは顔と名前を頭の中にたたき込んで識別票をつけていった。スタンリー・ウォルターズは骨なしで、圧力や中傷、親切といったものの影響を受けやすく、執着や譲歩をするタイプのようだ。彼の恐るべき妻のメイ・ウォルターズは独断と偏見のかたまりで、スタンリーを尻に敷くことで、夫婦の関係はなんとか維持できている。デイヴィッド・ハウエルは感じがよく、隠し立てのない正直そうな顔をしているが、それはうわべだけで、本性はその正反対かもしれない。ナンシー・ハウエルはすでに落ち着きのない人物だとわかっているが、それにもかかわらず、彼女には洞察力と純粋なまでの好奇心があって、迷惑であると同時に役立つ存在にもなっている。彼女の魅力は早くもマスターズの客観性を脅かしていた。形のきれいな脚をしたヴェラ・リッチモンドは、物事をあるがままに受け入れる女性として、マスターズは感銘を受けた。おそらく彼女は心かき乱されることをおもしろく感じるタイプだ。そしてメイ・ウォルターズとは好対照で心が広い。彼女の夫であるジャック・リッチモンド医師は、ただあまりにも美男子で、自分が醜男であるがゆえに顔立ちの整った男が嫌いなマスターズは気に入らなかった。経験からいって、こうした二枚目にはトラブルがつきものだ。

「たしか、昨夜ここでパーティが開かれたとおっしゃいましたね？」マスターズが尋ねた。

「ここではありません」ジャック・リッチモンドが答えた。「隣にある我が家でです。正確には、うちの裏にあるテラスで。ご近所さん何人かとバーベキューパーティをしました」

「参加なさったのは？」

「ここにいる全員と、ラリーとライラのコナー夫妻です」

「パーティの最中に、そのあと起きたことの引き金になりそうな出来事はありましたか？」

「ラリーが家に帰ってライラを手にかけそうなことは一つもありません。離婚なら誰も驚きもしないでしょうが、殺人となれば話は別です」

「そうですか。ですが、リッチモンド先生、まだわたしに話してくださっていないことがあるようですね。どうか率直に打ち明けてください——ここにいらっしゃるみなさんの時間の節約になりますし、手間も省けます。コナー夫妻はパーティで喧嘩をしましたか？」

「いいえ。始まってすぐ、微妙な感じになったときはありましたが、それが高じてどうのこうのということにはなりませんでした」

「なにがあったのですか、先生？」

ジャック・リッチモンドは口ごもった。メイ・ウォルターズがすかさずあとを引き受けた。

「ジャックが言おうとしたのは、ライラがうちのスタンリーにちょっかいを出したってことですよ。あの女には慎みのかけらもないんだ。スタンリーがそばへ行くたびに口説くんだから」

スタンリー・ウォルターズに百歩譲って、一般的に、女性にはその性《さが》として予測不可能な面があることを考慮に入れても、マスターズにはどうにも信じがたかった。スタンリーは煮え切らない態度をとっているだけで、メイ・ウォルターズが勝手に熱くなっているにすぎないということではないだろうか。

「本当ですか？」マスターズはやんわりと念を押した。「自分の夫も含め、七人もの面前でですか、ウォルターズ夫人？」

「ライラには慎みのかけらもないって言ったじゃないか。野良猫ほどのモラルしか持ち合わせてなかったんだ。ラリーがもっと早くに殺さなかったほうが驚きだね」

「よさないか、メイ」スタンリーが心ならずも、ついたしなめた。「おれを笑いものにするのはかまわないよ、たぶんそのとおりだから。でも、ライラを実際より悪く言う必要はないだろう。あれが彼女というものなんだ、それだけだ。悪意があってのことじゃない」

「そうよ、メイ」とヴェラ・リッチモンド。「誇張はいけないわ。あなただってライラがスタンリーとしたキスに意味はないと、よくわかってるでしょう。実を言うと、警部補さん、そのあとすぐ、みんなそれぞれにキスをしはじめたんです。メイ、たしかあなたも、わたしたちと同じくらい楽しんでいたんじゃなかったかしら」

メイ・ウォルターズはヴェラをにらみつけた。

「ほかに警察が知っておくべき出来事はありませんでしたか？」マスターズが質問した。

「なにもありませんわ、警部補さん」ヴェラが答える。「パーティといっても、ちょっと裏庭で料理を作って食べるというだけのものだったんです。ギャングは招待していませんから」

「ですが」とマスターズ。「殺人者は招待したようですね」

「ラリーのことですか？」ヴェラは顔をしかめた。「ラリーはライラを殺すことになってしまったかもしれませんけど、わたしは彼を殺人者だとは思いたくありませんわ」

非常識きわまりないとまでは言わないにしても、あまりに勝手な物の見方で、マスターズは一瞬、返す言葉を失った。ナンシー・ハウエルが不愉快な役目を引き受けるかのように、明らかにしぶしぶといった様子で口を挟んだ。

「ほかになにもなかったとは言い切れないでしょう。つまり、こういう状況だと、なにが重要になってくるかわからないじゃない？」

「より重要なのは、打ち明けることとか、口を閉ざしておくことか、それが問題ね、ナンシー」ヴェラ・リッチモンドが言い返した。

「ハウエル夫人にはぜひ話していただきたいですね」とマスターズ。「お願いします。さあ」

「ラリーがベンチで話したことを考えていただけなんです」ナンシーは話しはじめた。「覚えてないかしら、ジャック？」

「覚えているよ」とジャック。「きみが忘れてくれていればよかったんだが」

「そうはいっても、あなたとライラが背後から忍び寄ってきて、ラリーの話の一部を立ち聞きしていたのは、かなり怖かったから」

「忍び寄ったわけじゃないよ。散歩していたんだ」

「わたしが知りたいのは」マスターズが会話に割って入った。「話の内容なのですが」

「正直なところ」ナンシーが言った。「ラリーはビールで少し酔っていましたし、わたしもそうです。わたしは聞きたくなかったのに、彼が執拗に話しつづけるので、ベンチから動けずにいました。ラリーによれば、ライラは結婚したときに嘘をついたとか——彼はライラに信じ込まされていたように二番目の夫ではなく、実際は四番目の夫だったんです。最初の夫と三番目の夫は離婚で、二番目の夫は自殺。ここへ引っ越してくる前に住んでいたカンザスシティで、ライラはひどい浪費をしてラリーを破産寸前まで追いやったそうです。それで二人はこの町へ移ってきたんです。ラリーは二人でやり直せると思ったけれど、ライラはそれまでと同じことをここでも繰り返しただけだった」

「その話をコナー夫人はどのくらい聞いたのでしょう？」マスターズが質問した。

「はっきりとはわかりません」

「大部分です」ジャック・リッチモンドが答えた。

「彼女の反応は？」

「それが妙なんです」とナンシー。「ライラは大騒ぎするわけでもなく、怒ってさえいないようでした。ラリーのほうも同じです。なにか、ついに行き着くところまで行き着いたとでもいうように、二人とも静かで、かなり決然としていました」

「そのとおりだったのでしょうね」マスターズは言った。

警部補はすべてにうんざりして、すっと顔をそむけた。だが、すぐに向き直ると、両手を腿にこすりつけ、テーブルのそばのレッドウッド材のベンチに腰を下ろした。

「念のためにお訊きしなければならないのですが」マスターズは言った。「昨夜パーティがお開きになったあと、みなさんはどうされましたか？」

「ぼくなら」すぐにデイヴィッド・ハウエルが答えた。「問題ありませんよ。まっすぐベッドに入って寝ました」

「スタンリーとあたしもさ」メイ・スタンリーが言う。「そうだろ、スタンリー？」

「いや、それが」スタンリーは口ごもった。「厳密にはちがうんだ」

「厳密にはちがうって、どういう意味？」メイが問いただした。

「つまり」マスターズが言葉を差し挟んだ。「ご主人はまっすぐベッドに入ったわけではないということでしょう。ウォルターズさん、なにをされていたんですか？」

「実は、ベッドにはすぐに入ったものの、寝つけなくて。それで起き上がって、裏庭へ一服やりに出ました。ナンシーが証人です、裏庭にいるおれを見てますから」

「そのとおりです」ナンシーが答えた。「わたしは煙草が吸いたくてたまらなくて、スタンリーの煙草の火が闇に光るのが見えたものですから、彼が余分に持っているかもしれないと思ったんです。路地のところまで行って声をかけたら、スタンリーが煙草をくれて、それで、しばらくその場で煙草を吸いながらおしゃべりしました。車で出ていくラリーと会ったあとのことです」

「真夜中の路地でスタンリーと二人っきりで会ったって、厚かましくも告白しているわけ？」メイ・ウォルターズが叫んだ。

「そうよ、メイ」とナンシー。「すべて白状したほうがよさそうね。ただ煙草を吸っておしゃべりしたと言ったけど……本当はね！　まさに抜き差しならない恋ってところね。ごめんなさい、デイヴィッド。でも、スタンリーにすっかり心を奪われてしまったの」

「仕方がないさ」デイヴィッドが言う。「人にはときにささやかな不倫に走る権利があるからな」

「ちょっと、いいかげんにしてくれないか！」スタンリーが抗議の声をあげた。「ナンシーとのあいだになにもなかったことくらい、よくわかってるだろう、デイヴィッド。嘘じゃないんだ、メイ」

「本当にそう？」とメイ。「少し考えさせてもらうわ」

「ふざけるのはそれくらいにしてくれませんかね」マスターズが口を挟んだ。「ハウエル夫人、家を出るラリー・コナーを見かけたのは何時でしたか？」

「正確にはわかりませんけど、たしか午前零時頃でした。パーティから帰ったのが十一時くらいで、デイヴィッドとあれこれ話して、彼が眠ってから外へ出たんです。玄関先の階段でしばらく座ったあと、コナー家の私道まで散歩しました。そのとき、急に車庫のシャッターが開いて、ラリーがバックで車を出してきたんです」

「彼と話しましたか？」

「ええ」

「興奮している感じでしたか？」

「悲しそうでした。わたしが星空やなんかで気持ちのいい夜だと声をかけると、彼は散歩にふさわしい夜だねとか言って、事務所へ寝に行くところだと話してくれたんです。パーティで自分やライラについて話したことを覚えておいてほしいというようなことも言っていました。実際はどうなのか理解してほしいって」

「それだけですか？」

「はい」

「そしてあなたは、今日の午後、彼を探しに事務所へ行ったのでしたね？」

「そのとおりです。デイヴィッドとジャックはゴルフに行ってしまって、わたしはすることがなかったんです。それで、ラリーの事務所に行きました。表も裏もドアには鍵がかかっていましたし、ノックしても応答はありませんでした。でも、ラリーの車が裏通りの駐車場に止まっていたんです。それで、てっきりどこか近くへ歩いて出かけたんだとばかり。今となっては、そうじゃないと思いますけど」

「わたしも同感です。それにしても、車の件は引っかかりますね。逃走したのなら、どうして車を使わなかったのでしょうか」

「わたしには見当もつきません。警部補さんなら突き止められるでしょう」

マスターズはジャック・リッチモンドに顔を向けた。「次はあなたです、先生。すぐお休みになられたのでしょうか？」

「そうならよかったんですが」ジャックが答えた。「患者が産気づいて病院に呼び出されました。午前一時少し過ぎです。結局、陣痛の進行に時間がかかって、分娩開始まで一時間以上も病院で待機していました。家に戻ったときはベッドに倒れ込みましたよ。あいにく、興味を引くようなことにはなにも気づきませんでしたね、あなたがそれをお尋ねであるなら」

「ご推察どおりです。ありがとうございました」

コナー家の角を曲がって検死官がやってきた。二人の警官——一人は私服姿、もう一人は制服姿——を引き連れている。マスターズは三人を迎え出たあと、またテラスへ戻った。検死官たちは家の中へ入っていった。

「今日のところはこれくらいで」マスターズは三組の夫婦に言った。「みなさん、お疲れでしょう。もうお帰りくださって結構です」

マスターズはさっと向きを変えると、無実を確信させるわけでも、有罪を懸念させるわけでもない背中を彼らに見せながら、検死官と二人の警官のあとを追った。

7

一時間後、マスターズ警部補はコナー家を離れた。検死官は立ち去ったあとで、二人の警官もやるべきことを終えて、家の警備にあたっている。長い夏の日は黄昏時から夜へと移りつつあり、マスターズは町までの短い距離をヘッドライトをつけて運転した。ラリー・コナーの会計事務所がある商業地区へ向かい、細い裏通りに入って、ラリー・コナーのビュイックが止まっている狭い駐車場に車を止めた。

車を降りたマスターズは、ビュイックへと歩いていった。窓はどれも閉まっていて、ドアも四つともロックされている。フロントガラス越しに運転席をのぞいてみたが、どことっいって変わった点はなかった。ダッシュボードの上には使いかけのクリネックスの箱が置かれ、取り出し口からティッシュが一枚出かかっている。助手席にはつぶれた煙草の箱が転がっていた。ほかに目を引くものはなかった。

マスターズは身体を起こして、年とともに感じるようになってきた背中の鈍い痛みに顔をしかめると、ビルの裏口へと歩いていった。聞いていたとおり、ドアは鍵がかかっていた。重い足取りで裏通りから脇道を通って表通りへ出て、正面ドアを試してみる。やはり鍵がかかっていた。錠は単純なものには見えなかった。マスターズが持っているどの鍵でもこじ開けられそうになかったし、ドアを壊すのは警察権の濫用というものだろう。ビルの持ち主なら合い鍵を持っていると思い、しかもマスターズはたまたまそれが誰かを知っていた。そこで、通りを渡ってホテルへ行くと、ロビーの公衆電話から電話した。

ベイヤーという名のビルの持ち主は、マスターズの要求を不機嫌そうに聞いていた。とはいえ、すぐに来ることを承知した。

「裏口に来てください」マスターズは言った。

安物の煙草を買ってから、待ち合わせ場所へ戻る。煙草に火はつけなかった。自分の車のフロント側のフェンダーにもたれて、牛の反芻《はんすう》のように煙草を嚙みつつ、あれこれ思いを巡らせながら待った。ベイヤーは二十分で鍵を持って現れた。

「いったいなんだっていうんですか、警部補？」

「コナー氏は昨夜ここへ来た」マスターズは答えた。「車は見てのとおり、そこに止まったままです。だが、その後、彼を見かけた者はいない。中を確認したほうがいいかもしれないと思いましてね」

「借り手の事務所を不法に侵害するのはいやなんですがね」

「理由もないのにこんなことはしませんよ」

ベイヤーは裏口のドアの鍵を開けると、脇へ寄ってマスターズを先に通した。熱気のこもる暗がりに足を踏み入れた警部補は、しばしその場にたたずんだ。聞こえるのはベイヤーの息遣いのみで、前方にぼんやりとした大きなものが見えるだけだった。

「ドアのそばの壁に電気のスイッチがあります」ベイヤーが声をかけた。「左側です」

マスターズは手探りでスイッチを押した。天井近くの二本の蛍光灯がまたたきながらついた。壁際に金属製のファイリングキャビネットが三つ並び、大型の段ボール箱がいくつか置かれた、雑然とした狭い部屋の中に立っていた。どう見ても、もう要り用でなくなった古い帳簿類の保管室だ。前方の向かいの壁に、すりガラスのはまったドアがあった。

「ここの間取りはどうなっているんですか？」マスターズが訊いた。

「裏通りから表通りにかけて、部屋が三つ縦に並んでます。あのすりガラスのドアの向こうはコナー氏の専用事務室で、その奥の表通りに面した部屋は、秘書のデスクがある待合室になってます」

「なるほど」

不吉といってもいい胸騒ぎがして、マスターズは今やためらいを覚えていた。すりガラスのドアを開けないわけにはいかないが、そうしたくなかった。段ボール箱やファイリングキャビネットが置かれた保管室をじっくりと見回して、行動を先延ばしにしている自分に気づく。やっとのことで、彼は自分の気持ちを制御して、ドアを開けた。内開きに開いたドアの隙間から保管室の明かりがこぼれて、暗闇に沈んでいたデスクの角とその向こうにある椅子の背が浮かび上がる。手を伸ばして探り当てたスイッチを押すと、天井に設置された眩しいほどの蛍光灯がまたたきながらつき、マスターズが予感し、恐れていた光景が目に飛び込んできた。

「もう帰ってくれてかまいませんよ」彼はベイヤーに言った。「合い鍵を渡してくれれば。あとはこちらでやりますから」

「どうしてです？　どういう意味ですか？」ベイヤーは落ち着かない様子で聞き返した。マスターズの肩越しにのぞき込んだ彼は、はっと息をのんで後ずさった。

「コナー氏は亡くなっているようです」とマスターズ。「本人にまちがいありませんか？」

「なんてことだ。ええ、彼です！　でも、どうしてこんなことに、警部補？」

「自殺のようですね」

「ああ、ひどい！　あんな立派な青年が！　なにかわたしにできることはありますか？」

「ありますとも、ベイヤーさん。この場から立ち去って、わたしに仕事をさせてください」

警部補は保管室とのドアをベイヤーの顔の前で静かに閉めた。まもなく、裏口のドアから彼が出ていく音が聞こえた。

マスターズはデスクやその周囲のものに近づいた。一見したところ、自殺の線は固かった。郊外の自宅で及んだ昨夜の凶行のことを考慮するとなおさらだ。

向かいの壁際に茶色のビニール張りのソファが置かれていた。ソファの上に、右腕を端からだらりと垂らして、ラリー・コナーの遺体はあった。くつろいで死んでいることにマスターズは注目した。薄手の畝織りのジャケットとネクタイはストレートチェアの背にきちんとかけられている。ワイシャツは襟が開いていた。マスターズならくつろぐ際に真っ先に脱ぐ靴は履いたままだったが、ソファの上に横たわった形できれいにそろっていた。凶器が使われた形跡はなかった。傷口も、血痕も見当たらない。生理学的な兆候はなんらかの薬物中毒であることを顕著に示していた。状況から、自殺を強く示唆していた。

少し下がって、事務室を子細に眺めた。縦横が二十フィートほどの、ほぼ正方形。保管室に通じるドアとよく似たすりガラスのドアの向こうは、明らかに表通りにある待合室だ。ソファの足側のそばの保管室側の壁に三つ目のドアが半開きになっており、その向こうは洗面所だと思われた。

洗面所へ入っていったマスターズはスイッチを手探りしたが見つからず、そのうちようやく、天井からチェーンがぶら下がっていることに気づいた。そのチェーンを引っ張ると、電球が灯った。ずいぶん弱々しい明かりだ。トイレと洗面台があった。洗面台の上部には曇った開き鏡のついた薬棚がある。洗面台には、上下に分かれた引き出し型の小さな箱と、水が少し入ったグラスが一つ置かれていた。トイレの水のタンクの上には、中身が四分の三ほど入って蓋が閉まっている安いブランデーの一パイントボトルが載っている。マスターズは小さな箱の引き出し部分を取り出してにおいを嗅いだ。なじみのあるにおいがまだかすかに残っている。彼にはそれがなにかすぐにわかった。殺人事件の捜査経験よりも、安酒場でのいかがわしい行為に関する知識のほうがはるかに豊かだったからだ。抱水クロラールは、ミッキー・フィン――催眠薬などを入れた酒――で基本として用いられる薬物だ。少量だと眠気を誘うが、多量に摂取すると、その場で倒れ込み、昏睡状態になって、心臓発作または呼吸不全を起こす。

箱をもとに戻すと、身体を起こしてブランデーを見つめた。ラリー・コナーという男を知っているわけではないが、それでもなお、彼には失望していた。妻を暴力的な方法で死に至らしめ、そのあと自分はずいぶんと安楽に死ねるよう心を配っている。薬物をブランデーで飲むとはな！

事務室へ戻ると、マスターズはデスクの電話を拝借した。遅い夕食を食べようと帰宅したばかりの検死官の自宅にかける。短気な検死官は、最初の呼び出しから数時間と経たないうちに二度目の呼び出しを受けて不機嫌そうだったが、すぐに向かうと答えた。マスターズは電話を切ると、今度は警察署にかけた。休日当番の事務係に、彼がコナー家に残してきた二人の警官が戻ってきていないか確認したところ、戻ってきていないということだった。署長がまだ署にいるか尋ね――ありそうもないことだったが――予想どおり、もういないと返事が返ってきた。彼はコナー家から警官が戻ってきたら、次に向かわせる場所を事務係に指示して、受話器を置いた。

マスターズはラリー・コナーの回転椅子に腰を下ろして、足を上げ、目を閉じて、煙草を嚙んだ。なぜラリー・コナーは事務所へ来て自ら命を絶ったのか。マスターズは自分に問いかけた。妻を殺したあと、なぜそのまま家で死ななかった？　殺人を犯した者が自殺する場合、自分自身に対しても、彼らを殺人に駆り立てたのと同じ激情と自己嫌悪でもって行動をとるのが普通だ。とはいうものの、パターンに当てはめてしまうわけにはいかない。自殺というものは、当事者はそれぞれ様相は異なるものの、少なくとも一時的に精神状態がおかしくなっているわけで、しばしば思いもよらない行動に出る。窓や崖から飛び降りる。公衆トイレで毒を飲む。その目的のためにチェックインしたばかりのホテルで手首を切る。精神の錯乱のかたちがさまざまであるのと同じように、ありとあらゆる常軌を逸した行動がとられる。ラリー・コナーは発作的に自宅から逃げ出し、事務所へ着いたあとになって自殺しようと覚悟を決めたのかもしれない。

だがその場合、どうやってこの手段をとったのか。難しいことではない。抱水クロラールなら、そこらの怪しげな酒場で手に入る。それに、以前にも自殺を考えたことがあったのではないのか。もしかすると、楽に死ねる方法として、すでに抱水クロラールを使うつもりで、ブランデーに入れて飲もうと保管しておいたのかもしれない。ともあれ、マスターズの自分への問いかけは、もはやどれも実のないものになっていた。ラリー・コナーはそこで死んでいる。多量の抱水クロラールを飲んで、それでおしまいだ。

検死官が裏口に到着した音が聞こえ、マスターズは保管室へと戻って、中へ招き入れた。小柄で、気むずかしい白髪交じりの検死官は、素早く入ると、ぶすっとして仕事に取りかかった。顎にグレイビーソースがついたままだ。マスターズは裏口のドア付近に残った。ドアから十八インチほど離れた壁に窓があることに気づいた。窓の下半分に二トン型のエアコンが設置されている。窓は事務室に通じるドアの向かい側にあった。ドアを開け放しておけば、冷えた空気がまっすぐ事務室へ送られ、両方の部屋を効果的に冷やせるというわけだ。マスターズはあらためて、耐えがたいほどの暑さを意識した。ダイヤルをひねると、ファンがまわりはじめ、冷えた空気が勢いよく吹き出てきた。エアコンを作動させたまま、彼は事務室へ入っていった。検死官はソファの脇で膝をついていた。

「おまえさんはどんな悪魔と出会っちまったんだ」検死官がぼやいた。「復讐の悪魔か？」

「ただのちょっとした夫婦間のいさかいだよ。これよりひどい事件だって扱ってきただろう。刺殺なら誰でも――葬儀屋でさえ――そうとわかるが、これは薬物だな」

「心臓発作に見えるが、状況からいって薬物だ」

「おれは両方だと思ってるよ。薬物によって心臓発作が引き起こされたんだとね。トイレに、混入するものとして使ったブランデーとともに、小箱があった。その中からかすかなにおいがしたよ。なにかわかるか？」

「なんだった？」

「抱水クロラールだ」

「強烈なミッキー・フィンを飲んだということか？　なるほど、そのようだな」検死官は襟を緩めて、だらりと垂れたネクタイを引っ張った。「ここは恐ろしく暑いな。風を入れられないのか？」

「裏にエアコンがある。さっきつけたところだ」

「わしはここを片付けて、出ていくよ、警部補。被害者はほかに家族はいないのか？」

「ああ、夫と妻だけだ。どうして訊く？」

「家に帰って、食事をすませたいんだよ！」

待合室へ入ったマスターズは、手探りで明かりのスイッチを入れた。小さな部屋で、秘書のデスクと椅子が数脚、雑誌が散らばった低いテーブルが一つあるきりだ。表通りに面したドアの上部の横木の部分に、裏口のエアコンより小型のものが置かれていた。一トン型だろうと、マスターズは見積もった。エアコンを操作するのにいったいどうやって上げたり下ろしたりするのか。首をかしげたあと、いらぬ心配だったことに気づいた。エアコンはそこに置きっ放しで、下のほうに操作盤がついていた。

電気を消して事務室へ戻ると、検死官が電話をかけていた。「救急車を頼む」むっつりと言って、デスクに置いた、死者の身体から集めた品々の方へうなずいてみせた。

マスターズはさっと視線を向けた。小銭、ハンカチ、財布、携帯用の櫛、革製のキーケース、コナーの右手首からはずした腕時計が載っていた。財布には紙幣で二十二ドルと、十セント硬貨と一ペニー硬貨が二枚ずつ、運転免許証、クレジットカードが数枚、そのほか雑多なものが少々で、とくに目を引くものはない。キーケースには鍵が五本入っていた。マスターズは眉を寄せてそれらを見たあと、ケースをたたんで自分のポケットに入れた。電話口で怒鳴っていた検死官は、がちゃりと受話器を置いた。

「こっちへ向かってるよ」検死官は言った。「わしは退散する。これが搬送許可書だ。しばらくはわしをそっとしておいてくれ、いいな？」

喜んでそうすると答えて、マスターズは検死官が裏口から出たときの、錠がかちりとはまる音に耳を傾けた。一人きりになった彼は、また回転椅子に腰を下ろした。

足をデスクに乗せるが早いか、ドアが乱暴に叩かれてぎょっとした。警官が中に入れろというときの、彼らならではの叩き方だ。マスターズはため息とともに立ち上がると、裏口のドアへと向かった。

8

「たしかに」ナンシー・ハウエルは言った。「彼はそれっぽく見えるし、振る舞いもそれらしいことがあるけど、しゃべり方はそうじゃないわ。だから、彼はちがうと、わたしは思うの」

デイヴィッドの隣で横たわり、ナンシーは闇に向かってしゃべっていた。彼女の言葉にははっとするようなものがあった。デイヴィッドは深い呼吸をしていたが、眠ってはいなかった。無言のまま、ナンシーの思考の流れについていこうとする。けれども、どうにも無理だった。

「誰のことを言ってるんだい？」デイヴィッドは訊いた。

「マスターズ警部補よ。彼のことを考えていたの」

「それらしい振る舞いというのは？」

「道化みたいってことよ。つまり、能なし。あの鼻と、座ったときのズボンのたるみ具合がいけないんじゃないかしら」

「それでも警部補なんだ。証拠を検討して、推理やなんかをする能力があるってことだろう。まったくの間抜けじゃないと考えるのが妥当だよ」

「でも、ねちねちしているわ。それはあなただって認めるでしょ。もろもろのことがあるのに、あの警部補はラリーがライラを殺したことを確信していないという印象を受けなかった？」

「いや、ぼくはそんなふうには感じなかったな。結論を出すのに、裏付けとなる証拠を待っているだけだという印象を受けた。ラリーを見つけ出せば、すぐに証拠も手に入るさ」

「そう思う？　きっとあなたの言うとおりね。疑問の余地はなさそうだもの。たぶんわたしはラリーが犯人であってほしくないと願っているだけなんだわ」

「無理ないさ。哀れなラリー。あんなふうに前後の見境をなくすほど追い詰められていたんだな。わかってやっていれば。彼を助けられたかもしれないのに」

「じゃあ、なにもかも本当のことだと思うの？　ゆうべラリーがわたしに話したことは？」

「そのはずだ。ラリーみたいなやつがなんでもないのに狂気に駆られるなんてことはないよ」

結論が出たように思え、ナンシーは言葉を返さずに横たわっていた。デイヴィッドの呼吸がまた深いものになっていく。だが、彼女はどうにもやりきれなくて、眠気を感じることはもうないような気がした。

「みんなわかっているとおり」ナンシーは口を開いた。「わたしがライラを殺したのかもしれないわ」

とたんに、彼女のそばで大きな動きがあった。デイヴィッドが勢いよく身を起こして座ったのだ。

「なに？　いったいなんだって？」

「わたしがライラを殺したのかもしれないと言ったのよ。みんなわかっているとおり」

「いや、たしかにそう聞こえたよ。ただ、なんだってそんなことを言いだすんだ？」

「できるからよ」

「完全にどうかしてる」

「本当に可能なのよ。あなたが寝ているあいだ、わたしはあそこに――つまり、ずっと外に――いて、出かけるラリーに会った。そのあとコナー家に入ってライラを殺すことはできたわ。いえ、スタンリーと路地でおしゃべりしたあと、戻ってきて殺すことだってできた」

「ああ、たしかにな」デイヴィッドが鼻で笑った。「きみにはれっきとした動機がある、そうだろう？　ライラがブリッジでずるをしたとか」

「わたしはブリッジなんてしないわ。知ってるでしょう」

「だったら、空想にふけるのはやめて、さっさと寝てくれよ」

「わたしのラリーへの思いは本物で、ライラが彼にしていた仕打ちに我慢がならなかったのかもしれないわ」

「もちろんだとも！　そしてぼくは、それを一度として疑いもしなかった。いいか、クレオパトラ、ぼくの知らないところでは浮気を考えることも許さない」

あら、だめなの？　ナンシーは心の中で問い返した。「まあ、とにかく、わたしには機会があったし、マスターズ警部補もそれは把握しているはずだわ。いくらあなたがはねつけても、彼は受け流さないでしょうね」

「くそっ、ぼくはきみを愛してるんだ！」デイヴィッドは怒鳴った。「ぼくの妻なんだぞ！」

「だからといって、デイヴィッド、それとこれとはなんの関係もないのはわかっているでしょう」

デイヴィッドは強張った表情で沈黙し、ナンシーには彼が心の中で十まで数えているのがわかった。「何分ぐらい路地でスタンリーと一緒にいたと言った？」

「あら、わからないわ。だいぶ長くよ。煙草を吸いながらしゃべっていたんだもの」

「ぼくがなにを言おうとしているのか想像がつくだろう。ぼくは眠ってなどいなかった。きみとスタンリーが路地にいたあいだ、こっそりコナー家へ行って、ぼくがライラを殺したんだ。ほんの数分ですんだよ」

「ラリーが出かけたことさえ知らなかったじゃないの」

「出ていくところを窓から見たんだ」

「いいえ、見てないわ、デイヴィッド・ハウエル！　あなたは高いびきをかいてぐっすり眠っていたもの。そんな話をでっちあげないでちょうだい」

「無駄だよ」デイヴィッドは空しそうに言った。「明日、すべてを自供するよ」

ナンシーはさじを投げて、くるりと彼に背を向けた。お尻の感じが、それ以上の会話を拒んでいるのをはっきりと示している。デイヴィッドは満足して眠りに落ちた。

「そろそろ休むことにするよ」ジャック・リッチモンドは言った。

「その前に寝酒を一杯飲みましょうよ」とヴェラ。「話があるの」

「話？　賢明なことだと思うのかい、ヴェラ？」

「不毛な結果に終わるかもしれないけれど、試してみたいの。あなたがどれだけ正直になる覚悟があるかによるわ」

「わかったよ。でも、きみはまちがいを犯していると思うよ」

「バーボンの水割りをお願い」

ジャックはリビングルームを出ていき、二つのグラスにハイボールを作って戻ってきた。一つをヴェラに手渡し、もう一つは手にしたまま、先ほどまで座っていた椅子へと持っていった。

「ラリーがライラを殺したの？」ヴェラが尋ねた。

「そのようだね」

「ラリーはどこにいるのかしら」

「きみが想像している場所にいると思うよ。つまり、いたとね。今頃はまちがいなく発見されて、移動させられているだろう」

「彼の会計事務所ということ？」

「ああ」

「死んでる？」

「それはそうだろう。ほかに逃げようがあるかい？」

「つまり、自殺したと考えているのね、ジャック？」

「そうに決まっている」

「ラリーが事務所で自殺したと考えていたなら、どうしてマスターズ警部補に話さなかったの？」

「どうして話さなくてはならない？　マスターズが自分でラリーを発見すればいいんだよ」

「あの警官には、なにが起こったのか理解するだけの頭があると思う？」

「見くびらないほうがいいよ。見た目とちがって、間抜けじゃない。それどころか、マスターズは人に信じさせたがっているよりずっと優秀だという気がする。われわれを調べていることは心配しなくていいよ」

「ラリーが自分で命を絶ったことを知っているかのような口ぶりね」

「論理的に推理した結果だよ。事務所は鍵がかかっていて、ラリーの車が裏に止めてある。ライラが殺されたことを考えると、彼は自殺したとするのがふさわしい」

「じゃあ、それで事件はきれいに解決となるはずね」

「そう願うよ」

ヴェラは考え込みながらハイボールを一口飲んだ。「それでも、マスターズ警部補は賢いとあなたは言うのね。引き続きほじくりまわすくらいに頭が切れると？」

「なんのことを言ってるんだい」ジャックは問い返した。

「あなたのことを考えていたのよ」

「わたしのこと？　心配してくれるのはうれしいが、どうしてわたしが悩まされることになるのかわからないな」

「本当に？　あの警部補が捜査を続けたら、あなたがライラと関係していたことを突き止めてしまうかもしれないじゃないの」

「その話はもう蒸し返さないはずだろう」

「わかってるわ。でも、突き止められれば状況がすっかり変わるんじゃない？」

「だからといって、わたしが殺人犯ということにはならないよ、ヴェラ。ライラとはもう終わっていたんだ。きみにはなにもかも打ち明けて、きみはわたしのもとに残ることを承知してくれた」

「だって、あなたがそう望んだから」

「そうだ。そして今もきみにそう望んでいる。この先もずっとだ。ライラは底意地の悪いあばずれだった。ラリーを破滅させたように、いずれわたしも同じ目に遭わせていただろう。いやむしろ、わたしに自滅の道を歩ませたかもしれない。だが、わたしはライラとの関係を清算し、ラリーに彼女とのことを知られずにすんで、ほっとしているよ」

「本当に終わっていたの？」ヴェラが怖い顔で問いただした。

「わたしを疑いはじめているのかい？」

「あなたのことじゃないわ。ライラにとって、終わっていたのかということよ」

「彼女にはどうすることもできなかったよ」

「そうかしら？　ライラのような女を拒絶して、それですませられる？　できるものなら、彼女はあなたを滅茶苦茶にしたはずよ。医者であるあなたは、ことのほか攻撃されやすいもの」

「ヴェラ、わたしがこの町での地位を脅かされて、ライラを殺したかもしれないとほのめかしているのかい？　わたしはそこまで愚か者でも臆病者でもないよ。医者のほかにもできる仕事はいくらでもあるんだ。厳しいものにはなっていただろうが、殺人を犯すほうがわたしにはずっと大変なことだ」

「そうかしら、あなた」ヴェラはつぶやくように言った。「とにかく、アリバイについて見直すだけのことはしてみましょう、警部補がそうするかもしれないから」

「アリバイというのは？」

「ちょっと考えてみて。ゆうべ病院から呼び出されたでしょう。あなたは二時間以上、出かけていた。ずっと病院にいたの？」

「車で病院まで行って、処置が終わるまで院内にいて、帰宅した」

「わかっているわ。わたしに電話までくれて、時間がかかると教えてくれたもの。でも、本当に病院から一歩も出ていないと証明できるの？」

「いいかい、ヴェラ――」ジャックは怒ったように言いかけた。

「さらに悪いことに、あなたはラリーが家を出たのを知っていた。うちは窓を開けていたから、彼が出ていく音が聞こえたじゃないの」

「なんのつもりだい？　わたしがラリーも殺したと疑っているのか？」

「また始まったわ、ラリーが死んだと断言している」

「論理的推理だよ」

「わたしにあたらないでちょうだい、ジャック」ヴェラは穏やかに言った。「怖いのよ。告訴されたら、あなたはどうするの？　わたしはどうすればいいの？」

ヴェラの苦悩を知って、ジャックの中から怒りが消えた。手にしていたグラスを置くと、妻のそばへ行って、彼女が子供でもあるかのようにその頭に手を置いた。「きみはたぐいまれな女性だよ、ヴェラ。この世のすべての女性を合わせたよりも貴重な存在だ」

「あなたを愛してる、それだけよ。そうすべきじゃないのに、そうしてしまうの」

ジャックはにっこりとした。「ありがとう！　さあ、二階へ行こう。なにか眠れるものをあげるよ」

「先に行ってて、あなた。もう一杯飲みたいの」

「作ってあげよう」

「いいえ、あなたには休息が必要よ。自分で作るわ」

ジャックは二階へ上がり、ヴェラはキッチンへ行って、飲み物を用意した。しばらくしてから、引っ越したいと考えはじめた。自分たちなら、もっと富裕層向けの住宅街でいい家に住むこともできる。ライラがすぐ隣に住んでいたここでの生活はきついものだった。そのライラが死んで、住み心地はよくなるはずだが、どういうわけかヴェラはそう思えなかった。


スタンリー・ウォルターズはベッドの端に座り、低くうなりながら太鼓腹の上にかがんで靴下を脱いだ。

「どうして何度も繰り返さなくちゃならんのかわからないぞ」スタンリーは言った。

メイの声がバスルームから返ってきた。その振り絞るような声音から、彼女がガードルを脱ごうと悪戦苦闘しているのがうかがえる。「そりゃ、あんたにはわからないでしょうよ。真夜中にナンシー・ハウエルと路地へ行くのをまったく問題ないと考える人だもんね――それも、パジャマ姿で。あたしは、それよりは良識があるよ。デイヴィッド・ハウエルだってそう思うんじゃない？　思慮分別ってものがあるならさ」

「ほう、デイヴィッドがなんて言ったか聞いたのか。彼は別に問題視してなかったぞ」

「たしかに、デイヴィッドに話を聞いたよ。ナンシーの言い分も」

「もう、いいかげんにしてくれよ。そんなばかなことをするから、ナンシーはおまえと距離をおいてるだけじゃないか」

「そうかしら？　ナンシーが思ってるほど、あたしはばかじゃないかもね。ナンシー・ハウエルは一筋縄ではいかない女で、このへんじゃ誰も知らないとしても、あたしはようく知ってるの。彼女はさも作り話だと相手に思わせる言い方で真実を話すタイプの女さ」

「メイ、ナンシーがおれを路地に呼んだのは、煙草が欲しかったからにすぎない。まったくもって、それだけなんだよ」

「そう？」

「そう言ってるだろう、もう何度も言わせないでくれよ！」

「あたしはあんたとナンシーとのあいだでなにがあったかを考えてるわけじゃないよ。ナンシーと別れたあと、あんたがしたかもしれないことを考えてんの」

「なにもしてないぞ。くそっ、家に戻って、ベッドに入ったんだ！」

「あんたがそう言ってるだけ。あたしにはそれほど確信がないね。マスターズ警部補もそのことを考えるようになれば、疑惑を抱くはずさ」

メイはナイトガウン姿でバスルームから出てきた。いかにも警告するような様子で近づいてくる彼女をスタンリーはじっと見つめた。

「なんだ？　それはどういう意味だ？」

「言ったとおりの意味だよ」

「どうしてマスターズが疑惑を抱く？」

「自分の女房を納得させられないのに、スタンリー・ウォルターズ、どうして刑事を納得させられると思うんだい？　ライラ・コナーがことあるごとにあんたに言い寄って、それにあんたが飛びついて――餌に食いつく魚みたいに――いたことを、このあたりで知らない者なんてないさ。ナンシーはあんたに、ラリーが夜のうちに家を出たって話したんだろ？　あんた、自分でそう認めていたじゃないか。あたしが睡眠薬を飲んだことも知っていた。つまり、あんたにはチャンスがあったうえに、ライラを表敬訪問するのに障害となるものはなかったってわけだ」

「ライラは死んでいたんだぞ。ラリーは家を出る前に彼女を殺したんだ。もうわかってることじゃないか」

「本当に？　まだ証明されてないんじゃなかった？　あんた、ラリーの自白かなんかを聞いたのかい？」

「まさかおまえは、おれが誘いかなんかをはねつけられて、ライラを殺したかもしれないと言ってるのか？」スタンリーは興奮して問いただした。

「そんなこと言ってないさ。あんたが言ったのよ。あたしはただ、そのドンファン気取りのせいであんたはおぞましい殺人事件の容疑者になったと言ってるだけ」

「おお、上等だ、気に入ったよ！　最初は路地でナンシーとよろしくやったと責められ、お次はライラと情事にふけりにこっそり出かけたと非難されるとはな！　おまえのせいで、女の尻を追いかけまわすろくでなしになったような気分だよ！」

「あたしがあんたなら、スタンリー、ただ不安になるけどね」

実のところ、まさにスタンリーは不安に駆られていた。

9

月曜日の朝、マスターズはラリー・コナーの会計事務所へ八時前に行った。被害者の秘書が何時に出勤してくるかわからなかったが、町では八時から五時まで営業する会社が圧倒的に多かったので、それを当てにしたのだった。予想は的中した。八時一分前に、正面ドアで鍵を開ける音がした。マスターズは秘書のデスクの端に腰かけ、片手をだぶだぶのズボンの脇ポケットに突っ込んで、一つきりの二十五セント硬貨をもてあそびながら彼女が入ってくるのを待った。愛らしい顔立ちで均整のとれた肢体に赤毛で、おそらく二十代後半だろう。明らかに不法侵入のマスターズを目にした秘書は、警戒の色を見せたが、それ以上に驚いた様子だった。マスターズは彼女の髪があまり気に入らなかった。色はきれいな生まれつきの赤だが、入れ毛をして必要以上にふくらませた髪型にしていたからだ。

「どちらさまですか?」秘書は強い口調で訊いた。

「警部補のマスターズと言います」彼は身分証を見せた。

「警部補さん、どうしてここにいらっしゃるんですの? コナーさんはすでにいらしているのでしょうか?」

「いいえ。彼が来ることはもうありません。そのことをお伝えしたかったのです。座られたほうがいいでしょう」

ポケットから手を出すマスターズの脇を通って、秘書はデスクのそばにある椅子へ向かった。その足取りは慎重で、最悪のニュースを予感している印象を彼は受けた。ハンドバッグを引き出しに入れると、彼女は椅子に腰を下ろして、黒板の前に生徒を呼び出そうとする教師のように、デスクに両手を重ねて置いた。

「どういうことですの？　コナーさんの身になにかあったんですか？」

「お名前をまだお聞きしていませんが」

「ルース・ベントンと申します」

「教えてください、ベントンさん、コナー氏の秘書になってから長いですか？」

「一年以上になります。十五か月くらいですわ。どうしてですか？」

「それだけ長ければ、彼のことはかなりよくご存じでしょう。どんな人でしたか？」

正直な気持ちが秘書の目に表れ、ラリー・コナーがほかの人間に対してはどうであれ、彼女にとっては特別な人物だったのだということがマスターズにはわかった。二人は付き合っていたのかもしれない。大いにありうる、とマスターズは思った。ルース・ベントンは、ライラのような妻のいる男の目にはすこぶる魅力的に映ったはずだ。

「コナーさんは優しくて、思いやりがあって、正直な方でした。不正に関わるようなことはいっさいしない方です、そういう意味でお尋ねなのでしたら」

「そういう意味ではありません。情緒不安定な様子はありましたか？」

「問題は抱えていました」ルースはぴたりと口を閉ざした。マスターズにつられて、自分も無意識に過去形で話していることにふと気づいたのだ。「コナーさんになにがあったんです？　亡くなったんですか？」

「どうしてそんなふうに訊くのですか？」

「亡くなったんですの？」

「そうです。どうやら昨夜この事務所で自殺したようです」

その言葉をルースは取り乱すことなく受け止めた。どう反応するのか不安でならなかったマスターズは、ほっとした。辛抱強く待っていると、まもなく彼女は顔を上げ、静かに話しはじめた。声が震えているのは、ショックと嘆きだけでなく、同じくらい怒りを覚えているせいのようにマスターズには思えた。

「そう、ついに彼女はそこまでコナーさんを追い込んだんですね」

「誰のことですか？」

「彼の奥様ですわ」

「ああ、コナー夫人とうまくいっていなかったのはわかっています。二人の仲はそこまでひどかったのですか？」

「コナーさんは亡くなったのでしょう？　奥様との生活に耐えるよりも死を選んだのでしたら、よほどひどかったということじゃありませんの？」

「差し支えなければ、どうやってコナー氏の私生活を知るようになったのか教えてくれませんか？」

「ラリーが話してくれたんです。誰かにしゃべらずにいられなかったんですわ」

ほう、もう体面を繕うのはやめて、〝ラリー〟か。マスターズはそんな彼女も悪くないと思った。

「お二人は友人だったのですか？」

「はい」

「それだけの関係？」

「いいえ」ルースは突っかかるようでも、虚勢を張るようでもなく、事実として言った。「ある種の特別な関係にありました。それについてはお話ししたくないのですけど」

「なるほど。事務所の外でも会っていましたか？」

「ときどきは」

「どこでです？」

「場所はいろいろです。お酒を飲みにホテルへ行ったり、ときには夕食を食べたり。何度かわたしのアパートへ彼が来たこともあります」

「正直に話してくれて感謝します」

「嘘をつく必要はありませんもの。やましいことは何一つしていません。肉体的な関係を結んだことはありません――いたって清い関係だったんです、警部補さん。そうでなければよかったのに」

「コナー氏は奥さんを憎んでいましたか?」

「憎んでいたとまでは言えないと思います。ただ、奥様にずっと絶望させられていて、別れたがっていました」

「コナー氏は奥さんを道連れにしましたよ、ベントンさん」

「どういうことです?」ルースはデスクの端をぎゅっとつかんだ。

「奥さんを殺害したのです」

「嘘でしょう!」

「いいえ、コナー氏をここで見つけるより前に、奥さんは自宅の寝室で刺殺体で発見されました」

ルース・ベントンは固くつかんだ手をじっと見下ろしていたが、やがてゆっくりと頭を垂れてデスクに突っ伏した。涙に暮れているのだろうと推察して、マスターズは泣き止むのを待つことにした。だが、またしても彼は安堵した。ルース・ベントンはすぐに顔を上げて、デスクの引き出しからハンドバッグを取り出した。

「家に帰らせてもらってもよろしいでしょうか」

「必要な場合は、寄らせていただいてもかまいませんか?」

「住所でしたら、電話帳に載っております」

「わかりました、ベントンさん」

ハンドバッグをつかむと、彼女は頑なに自分を厳しく制御しているという印象を残したまま、事務所を出ていった。並外れて精神力が強く、芯のしっかりした女性だ。マスターズはそう思いながら、ドアの鍵を閉めて立ち去った。


警察署へ戻ったマスターズは、二件の死と両者の明らかな関連について最新の情報を署長に報告した。

「ひどい話だな」署長が言った。「だが、ややこしくないのが、せめてもの救いだ。殺人と自殺。すべて家庭内でのことだ。捜査は終了だな」

「署長、終わりにする前に、二つ調べたいことがあるのですが」

「なにを今さら？　どんなことだ？」

マスターズはポケットを探って、ラリー・コナーの事務所から拝借してきた革製のキーケースを取り出した。ケースを開いて、署長のデスクに置いた。

「一つはこのキーケースです。こっちの二本の鍵は車のものです——一本はドアとイグニッションの、もう一本はトランクのです。こっちの二本は、事務所の表と裏のドアの鍵。四本とも、実際に試しました。この五番目の鍵は、自宅の玄関か勝手口のドアのものと思われます。問題は、どうして自宅の鍵は二本ないのか——両方のドアの——ということなんです」

「わしにはどうでもいいことのように思えるが、ガス。一本しか持ち歩いとらんかったかもしれないじゃないか」

「たしかに。それでも、もう一度コナー家へ行ってみたいのです。署長さえよろしければ」

「気をつけろ、ガス。この件で余計な波風を立てるわけにはいかないのだ」

「慎重居士、それがわたしですよ」

「二つと言ったな。もう一つはなんだ？」

「エアコンです。自宅も事務所もエアコンが入っていませんでした。どうにも不可解です」

「おいおい、これから自殺しようって人間が、エアコンを入れることなど気にするか！」

「ですが、自宅はどうです？　土曜は焼けつくように暑い日でした。エアコンは入っていて当然でしょう。入れるか入れないかで悩む余地などまったくなかったはずです」

「ヒューズが飛んでいたんじゃないのか」

「いいえ。確認しました。リッチモンド医師は、コナー夫妻が窓を開けるつもりだったのではないかと考えています。夜は気温が下がっていましたから、ありえますね」

「だったら、そうだったんだろう」

「ただし、夫妻はそうしていないんです。窓はすべて閉まっていました」

「わかったよ、ガス。おまえが望むなら、鍵とエアコンに頭を悩ませればいい。だが、わしの言ったことを忘れるな。気をつけるんだぞ」

そうすると約束して、マスターズは自分のデスクへ行った。指紋採取係から報告書が上がってきていた。驚くような内容は含まれていない。コナー夫妻の指紋は、殺害現場のさまざまな場所についていた。夫の指紋は事務所のいたるところから――マスターズが洗面所で見つけた箱とブランデーのボトルからも――見つかっている。凶器の柄の部分からは、コナーの右手の指紋だけが検出されていた。それ自体はとくに意外なことではなかったが、どうもそれぞれの指の跡が一つずつしかついていないらしい。ペーパーナイフの柄を握ったのがコナーだけだったとしても、それまで何度も手にしていたはずだ。どうして一つずつしかついてないんだ?

このささやかな疑問を雑然とした考えでいっぱいの頭にしまい込んで、マスターズは郊外へと車を走らせた。静かな月曜日の朝、コナー家はごく普通でどっしりと安定しているように見えた。マスターズは車を私道に止め、芝生が広がる前庭の角を突っ切って玄関へ歩いていった。革製のキーケースに入っていた鍵がぴったりはまって、なめらかに鍵が開いた。

マスターズは後ろ手にドアを閉めて、二階へ上がった。寝室からは、唯一その部屋を乱していた遺体が運び出されており、警官は現場に到着したときと同じくらい部屋をきちんとして立ち去っていた。そこは夫婦に愛を交わしたいという気にさせる巣であり、愛が復活するのを辛抱強く待っているような感じがした——たぶんいつか別の夫婦によって。ラリーとライラのコナー夫妻は愛し合っていなかったうえ、もう家にはいないし、戻ってくることもない。マスターズはため息をつくと、無駄足だったとつくづく考えながら階段を下りて、今度は勝手口から出た。外から勝手口のドアに玄関の鍵を試してみる。合わないどころか、差し込むこともできなかった。やはりキーケースにはもう一本入っていたのではないだろうか。だがそうなら、それはどこへ行ったんだ？

突然、誰かに見張られているという気がした。横目であたりの様子をうかがうと、白いショートパンツをはいた蠱惑的な身体つきの若い女性が、隣家のテラスからじっとこちらを見ていた。例の高校教師の妻のナンシー・ハウエルだ。好奇心丸出しで、隠そうともしていない。いやいや、隠す気がさらさらない彼女の身体の曲線こそたいしたものだ。こんなふるいつきたくなるような女なら、学校教師も家に帰るのが待ち遠しくてたまらないだろう。

マスターズはキーケースをポケットに戻して、彼女の方へ歩いていった。

「おはようございます、ハウエル夫人」

「気持ちのいい朝ですわね」ナンシーは答えた。「なにをしていらっしゃるのかと思っていたところなんです」

「現場を見直していたのです。あらためて見ると、ときには新たな発見があるものですから」

「発見があったんですか？」

「そうは言っていませんよ」

「ラリーはもう見つかりました？」

「ええ」

「警部補さんなら見つけ出すとわかっていました」ナンシーは必要もないのに、ショートパンツをぐいと引っ張り、脚に視線を引きつけた。だが、そのときのマスターズは彼女の目――これまた魅力的で、さらに深く心をかき乱す――を見つめていた。「自分の会計事務所にいたんじゃありません？」

「そうです。ずっと」

「死んでいた？」

「ええ」

「哀れなラリー。かわいそうなライラ。二人とも気の毒でなりません。この気持ち、おわかりいただけないと思いますけど」

「たいていの場合、わたしは被害者に同情します、ハウエル夫人。ですが、犯人側にもいくばくか同情の余地を残していますよ」

「それって、普通の警察官の態度とはちがうんじゃありません？」

「そうでしょうか。わたしにとっては、問題を起こすのは、問題を抱えている人物ですよ」

「なんてすてきな言い方かしら！　なんだか警句《エピグラム》みたい。今あなたが考えついた言葉ですの？」

「ちがうと思います。普段エピグラムなど考えませんから」

「ラリーがどんなふうに亡くなっていたのか、よければ教えていただけませんか？」

「かまいませんとも。すぐに公表されることです。ブランデーで抱水クロラールを過剰に摂取したせいだと見て、まずまちがいないでしょう」

「抱水クロラール？　なんですの、それは？」

「催眠薬です。ミッキー・フィンによく用いられる薬物です。少量では害はありませんが、多量に摂取すれば命に関わります」

「そんなものを使うなんて、奇妙じゃありません？」

「そうでもないですよ。長所がありますからね。簡単に手に入って、楽に飲めます。苦痛もなければ、吐き気も催さず、あたりも汚れません。昏睡状態に陥って、それまでです。心臓もしくは呼吸器不全を起こすのです。もっとひどい死に方はほかにいくらでもありますよ」

それでもナンシーは身震いした。「とにかく、これですべて終わったんですよね？」

「そうなるでしょうね。殺人と犯人の自殺で」

「でしたら、どうして戻っていらっしゃったんですか？」ナンシーは小首をかしげて、探るようにマスターズを見た。「もう片がついたのだとしたら、という意味ですけど」

「細かな点で確認しておくことがありましてね。おそらく問題になるほどのことではないでしょうが、どう転がるかわかりませんから。それに、あなたにお願いしたいことがあったのです」

「あら？」

「コナー氏の遺体は葬儀屋にあります。法律により、正式に身元確認を行わなくてはなりません。身元確認をしていただけないでしょうか？」

「まあ、嘘でしょう」

「こんなお願いをするべきではありませんでしたね。きっと近隣住民の男性の誰かがしてくれるでしょう。ご主人はご在宅ですか？」

「いいえ、デイヴィッドはずっと早くに学校へ出かけてしまいました。それに、ジャックは診療所だと思いますし、スタンリーはお店です。わたしがご一緒しますわ、警部補さん。わたし……わたしなら大丈夫です」

「感謝します。わたしが車で葬儀屋へお連れして、そのあとご自宅へお送りしますよ」

「お待ちくださるなら、着替えてきます。中へお入りになりませんか？」

「ありがとうございます。でも、ここでお待ちします。急ぐ必要はありませんよ」

飾り気のないブルーのワンピースに着替えて戻ってきたナンシーを見て、マスターズは感心した。こんな短時間に限られた小道具で、状況にふさわしい格好をしてきたのは驚き以外のなにものでもなかった。良識がある――それもとびきりの――という根本的な性質に負うところが大きいのだろう。マスターズは町までの道中、パトカーの助手席に座っている小柄な女性を強烈に意識し、気を引き締めるためにも、あくまでも道路に視線をそそぎつづけた。なんの香水をつけているのか。マスターズは記憶を探ってみたが、ほのかな、名状しがたい香りで、葬儀屋の裏手に車を止めて路地を歩いて抜けているあいだも、まだ特定できていなかった。

だがその香りも、葬儀屋の中に入ってからは嗅ぎ取れなくなった。建物内に満ちていたのは、防腐処理を施した死のにおいで、漆喰や木材や古びた煉瓦からまでしみ出ているかのようだ。まあ、死者に不滅の準備をする場所で溜まりに溜まったあらゆるにおいが入り交じっていただけかもしれない。マスターズとナンシーは、エプロンのようなものを身につけた男に入室を許可され、ラリー・コナーが横たえられて、解剖のあと防腐処理が施されるのをおとなしく待っている小さな部屋に案内された。解剖といっても、ラリー・コナーの場合、たいして判明したことはなかったな、とマスターズは思い返した。抱水クロラールは分解してしまうので、その形跡はいつも検出しにくく……

ふとナンシーが足を止めていることに気づいて、マスターズは振り返った。彼女は身じろぎ一つせずに立ったまま、目をつぶっており、生意気そうな顔からは血の気が引いている。マスターズの中で警報が甲高く鳴り響いた。きっと彼女は意識を失うにちがいない。だが、手を伸ばすより早く、ナンシーは瞼を開けて、大きく息を吸った。

「大丈夫ですか、ハウエル夫人？」

「ええ。一瞬、軽いめまいを感じただけですわ」

「本当に身元の確認をしたいのですか？」

「気は乗りませんけど、やります」

結局のところ、そうひどいことではなかった。ラリーはとても穏やかで生々しくなく、どんな問題からもかけ離れたところにいて——つまり、その点では、ラリーらしくなく——だからこそ、彼が自分で望んだ場所にいることに驚き以上のものは感じられなかった。その悲しげな細い顔には、自分の身に起こったこと、あるいはこれから起こるすべてのことに対する関心のかけらも浮かんではいなかった。彼とベンチに座ってビールを飲みながらおしゃべりをしたのは、ほんの一昨夜のことなのかしら、とナンシーは思った。ラリーの声が信じられないほどはるか彼方、遠い過去からささやくようによみがえってくる。それに、ライラはどこなのかしら。ライラも死の芳香に満ちたこの場所にいるの？　ナンシーは向きを変えて歩み去り、マスターズは彼女のあとを追った。路地の車のそばで足を止めたナンシーは、しばらく車体に寄りかかった。マスターズはナンシー・ハウエルの頭をなでたい、手を握ってやりたい——思いやりのある振る舞いで、自分にできる慰めを彼女に与えたいと心から望んでいる自分に気づいた。

実際、マスターズはナンシーにつらい思いをさせて気がとがめていた。ありていに言うと、ハウエル家のテラスで言葉を交わしてから、なんとなく離れがたくて、彼女といる手段として、このぞっとするような用件がふと心に浮かんだのだ。今回の捜査の始まりから、マスターズはナンシーの熱心で素朴な好奇心は、思考が散漫なものの、頭のよさからきていると感じていた。そして自分でもかなり驚いていることに、自分の疑念に基づいた貧弱な仮説を彼女に聞いてもらいたいと願っていた。

「よろしければ」マスターズは口を開いた。「コーヒーをご一緒しませんか」

「せっかくですけど、家に帰るほうがいいですわ」

「お気持ちはわかりますよ、ハウエル夫人。あなたとお話ししたいことがあるのです」

「なんについてですか?」

「わたしを悩ませている二つのことについて。どうでしょうか」

「コーヒーならうちでお出ししますわ、警部補さん。それでいかが?」

「ご迷惑でなければ……」

そこで二人はハウエル家へ戻り、キッチンのテーブルを前に座って、朝食用の残りのコーヒーを飲んだ。ナンシーは好奇心を抑えつけて、テーブル越しにマスターズを見つめた。

「わたしの頭がどうかしていると思われるかもしれません」マスターズが口を切った。

「どうしてですか？」

「なぜなら、ハウエル夫人、この件は一つの方向を指し示しつづけているのに、わたしはまったく別の方向かもしれないという考えが頭から離れないためです」

「別の方向って？」

「事件は殺人と自殺のように見えます。ですがわたしには、殺人と、自殺に見せかけた殺人——第三者による——ではないかと思えてならないのです」

ナンシーは啞然とした。「どうしてそんなふうに思われるんです？」

「お伝えしたように、二つのことがあるからです。行方不明になっているのかもしれない鍵が一本ある……。そして、あなたが気づいた、コナー家のエアコンが切られていたこと。なぜでしょうか。リッチモンド先生は夫妻が窓を開けるつもりだったからだと考えています。わたしはその説明では納得できないのです」

「でもそれなら、どうして切ってあったんでしょうか」

「何者かが死亡時刻をごまかしたかったとすればどうでしょう」

「どういうことかよくわかりませんわ、警部補さん」ナンシーは引き込まれるように言った。

「死亡時刻を割り出すには、ある程度の精密さが必要なのです」マスターズが説明した。「さまざまな要因が考慮されます——気候、天気、温度、気圧、独特の現地の状況など。たとえば、遺体は温度が低いよりも高いほうが傷みが進みます。言うまでもなく、エアコンがあるなら、検死官はそれも判断材料に含めます」

「つまり」ナンシーは大きく息を吸った。「今回の場合では、誰かがエアコンの要因に手を加えたかもしれないということですの？」

マスターズはナンシーの頭の回転の速さにただただ感心した。「そのとおりです。この事件で主要な役割を果たす第三者——殺人者と呼ぶことにします——になったつもりで考えてみましょう、ハウエル夫人。殺人者はライラ・コナーの殺害を望んでいます——動機はひとまず脇に置かせてください。そいつはコナー家の内情に通じていて、土曜の夜に激しい口論があったことも知っています。それでライラ・コナーが殺された場合、ラリー・コナーが犯人であってもおかしくない状況が整ったと判断する。ライラ殺害の罪をラリーに着せられれば、彼が反論できないよう死んでくれたほうが安全なのは火を見るよりも明らかです。そこで、殺人者は独りごちるのです——これは殺人と自殺に見せなければならない。夫が妻を殺したあと、自ら命を絶ったと……」

「ラリーはライラ殺害を隠すために殺されたにすぎないと、本気でおっしゃっているんですか？」

「考えを口に出しているだけです」マスターズは微笑して答えた。「さて。状況により——時間的な制約があったのか、無視できない用事があったのかもしれません——殺人者はコナー夫妻をさほど時間をおかずに殺害するしかありませんでした。それでは、どちらが先に死んだのかを立証するのは、不可能ではないにしても、難しくなります。ですが、殺人者の筋書きでなにより重要なのは、ライラが夫より前に死んだものとして、医学的に確かめられ、承認されることです。そこで、エアコンによる偽装工作が生じてくるわけです」

「そういうことなのね」ナンシーは眉根を寄せて集中した。「いえ、本当にそうかしら。ラリーを発見したとき、事務所はエアコンがついていたんですか?」

「いいえ、切ってありました。室内はむっとして暑かったですね」

「警部補さんの仮説が正しいなら、事務所のエアコンは入っているはずなんじゃありません?」

「そうともかぎりません。ですが、その論理については、ここでは飛ばすことにしましょう。大事なのは、ハウエル夫人、わたしが殺人と犯人の自殺という説を受け入れる気になれていないことです」

だが、ナンシーはかぶりを振った。「あまりに現実離れしていますわ。警部補さんの仮説を裏付けるものはなにもないじゃありませんか。勝手に想像なさっているだけです」

「家の中が暑かったのと、勝手口のドアの鍵が行方不明になっていることの説明にはなりますよ。鍵が実際に行方不明になっているのだとしたらの話ですが。ひょっとして、ラリー・コナーが勝手口のドアの鍵を持ち歩いていたかどうかご存じありませんか?」

「持ち歩いていたはずです。ライラが留守にしているときに、ラリーが勝手口から入っていくのを見かけたことがありますもの」

「ほうら、まただ。あなたは本当に観察眼が鋭い、ハウエル夫人。だからこそ、あなたとお話ししたかったんです」

「わたしの気づいたことで、無関係の人にあまり迷惑がかからなければいいんですけど」

「そんなことにはなりませんよ」

「そうでしょうか。警部補さんはまったく無関係の人にもなにか考えつくほどに頭の切れる方ではないかと思いはじめているんです」

「まさか。わたしの突飛な仮説を先に進めてもかまいませんか?」

「興味深いということは認めますわ。怖くもありますけど。次はなんですの?」

「そう、もう一つわたしを悩ませているのは、どうしてラリー・コナーは妻を殺したあと、わざわざ事務所へ行って自殺したのかという点です。自宅でもよかったはずでしょう」

「ラリーはそれほど合理的な考えができなかったんじゃないでしょうか。逃げる気だったけれど、あとになってとうてい無理だと悟ったのかもしれません」

「ええ、自殺者が道理に合わない行動をとるのは珍しくありません。それでも、なにか引っかかるのです。あなたは家を出るラリーを目撃していらっしゃる。彼の振る舞いに不自然なところはありませんでしたか？　殺害現場から逃げていくような様子は見られませんでしたか？」

「いいえ」ナンシーはカップの中の冷めていくコーヒーにじっと視線を落とした。「実際のところ、変わった様子はありませんでした」

「ほら、ここにもささやかな矛盾があります。ではラリーが家を出たとき、ライラは生きていたと仮定してみましょう。彼はあなたに話したとおり、事務所へ一夜を過ごしに行ったとします。そのあとをつけていった殺人者がラリーを殺してキーケースからコナー家の勝手口のドアの鍵をとり、家に引き返してライラを殺害した」

「ちょっと待ってください。話がどんどんおかしなものになっていますわ。その殺人者が――本当にいるならですけど――この近所の誰かだとほのめかしているんですか？」

「ええ、そうです。あなたの言葉を借りて、殺人者が本当にいるなら、そいつはまちがいなくこの近所の人間です。おそらく土曜の夜のパーティにも参加していたでしょう」

「わたしたちの中の誰を疑っているのか、お訊きしてもいいですか？」

「あなた方の誰でも可能性はあります。どれだけ真実を語ってくれたかによりますね。誰が誰をかばっているかにもよるかもしれません。ちょっと考えてみてください。あなたはラリーが事務所へ行ったとスタンリー・ウォルターズに話したあと、路地の柵のところで彼と別れたとおっしゃった。つまり、ウォルターズには容疑者の資格があります。リッチモンド医師の家は、コナー家を挟んでちょうど反対側。彼なら家を出るラリーを見かけていてもおかしくないですし、私道で彼とあなたがしゃべっているのを聞いたかもしれません。さらに言うと、先生はのちほど呼び出しを受けて病院へ出かけたことを認めています。まっすぐ病院へ向かったのでしょうか。ずっと病院にいたのでしょうか。いずれにせよ、リッチモンド医師もまた資格があります。先を続けてもよろしいですか?」

「続けてくれないほうがいいですわ」ナンシーはぼんやりと言った。「吐き気を催すようなお話ですもの。次は、わたしも犯行に及べたとおっしゃるんでしょう」

「そのとおりです。あなたにも資格があります」ナンシーが言葉を失ってしまったので、マスターズは慌てて言葉を継いだ。「ほんの一瞬でも、あなたを疑っていれば、こんなふうにお話ししたりはしませんよ」

「それでもわたし、長くご一緒しすぎましたし、しゃべりすぎましたわ、警部補さん。なにより、もうこれ以上お話ししたいとも思っていないんです」

「申し訳ありませんでした」

マスターズは立ち上がって、ナンシーがおかわりを入れてくれることを期待していた空のカップを物欲しそうにのぞき込んだ。しかし、彼女も立ち上がり、いかにも気分を害した女性といった態度でその場に突っ立っている。

「単なる仮説ですよ、ハウエル夫人」なだめるように言ったものの、ナンシーが〝生きた彫像〟を演じたままなので、マスターズは事務的な態度に戻って、付け加えた。「それでは、これで」

そして、苦い満足感を噛みしめながら立ち去った。

10

マスターズ警部補は、ジャック・リッチモンド医師を容疑者の最有力候補として見ていた。第一に、男前の医師には、もっともふさわしい機会があったように思えた。第二に、まさしく女性に騒がれる二枚目俳優タイプで、心理的に言って、動機のにおいがぷんぷんしている。第三に、医者として、危険な薬物を飲ませられる理想的な立場にある。隣人の体調を気遣うふりをして、病院へ行く途中にでもラリー・コナーの事務所へ立ち寄れば〝鎮静薬〟を投与できたし、ライラと喧嘩して興奮していたラリーは、ためらうことなく飲んだだろう。もちろん、医者が抱水クロラールを処方することはまずないだろうが、だからこそ、殺人を目論んだ場合、医者なら用いそうにない薬物を使用するはずだ。ともかく、リッチモンド医師の病院からの呼び出しとやらを確認するのが楽しみだった。ことによると、有益な情報を得られるかもしれない。マスターズはさっそく取りかかった。

だが、時間帯が悪かったというほかなかった。そんな早い時間帯では、夜勤の担当者などいるはずもない。産科の受付で、リッチモンド医師の出退記録が残っていないか尋ねることしかできなかった。記録はあった。それによると、リッチモンド医師は午前一時二十分に病院へ到着し、午前三時半に病院を出ていた。記録どおりなら、完璧なアリバイが成立する。記録が偽りなら、彼にはコナー夫妻を殺す時間がたっぷりあったことになる。いや、この間に殺したのは一人だけだろう、とマスターズは思い直した。リッチモンドは調子に乗るような男ではないはずだ。エアコンについての仮説があたっているなら、ラリーを先に殺したことになる。そのあと、三時半以降に、ライラを手にかけた。マスターズが本当に知りたかったのは、病棟で夜勤についていた看護師の名前と住所だった。真意をあまり明かすことなく、なんとか受付係からその両方を聞き出した。看護師の名前はアグネス・モロー。住所は病院から数ブロック離れた小さなアパートメントになっていた。

アパートメントから五十フィートほど離れた路肩に車を止めた。腕時計では午後一時をまわっている――ランチタイムを過ぎていたが、マスターズは腹は減っていなかった。それに、相変わらずダイエット中だ。モロー看護師の勤務明けが午前七時だとすれば、八時にはベッドに潜り込んだろうから、五時間あまり寝たことになる。よく眠れないマスターズなら五時間も眠れれば御の字だが、眠りに問題があるとも思えないアグネス・モローではおそらく寝足りないだろう。それでも、試してみることにして、彼は車から降りた。ロビーの居住者案内板でアグネス・モローの部屋番号を突き止め、階上へ上がって、ベルを鳴らした。

マスターズは運がよかった。モロー看護師は起きていた。ただし、着替えてはいなかったので、パジャマにテリー織りのローブを羽織った姿だ。だが、そんな親密な格好で目の前に立たれても、マスターズは刺激を受けなかった。アグネス・モローは独身生活を四十年以上も続けており、そうした日々を積み重ねる中、純潔を守ってきた重苦しい雰囲気をまといつかせていた。やせ型で、髪に白いものが混じり、浮ついたところが少しもない。わめくようなことはせず、簡潔かつ率直な物言いをしそうな感じで、実際、そのとおりだった。

「なんでしょう？」

「アグネス・モローさんですか？」

「そうです」

「警察から来ました、警部補のマスターズと言います。お話をうかがいたいのです。内密に」無意識のうちにモロー看護師に合わせて、簡潔かつ率直な物言いになっていた。マスターズにはカメレオンか、さもなければ俳優さながらの順応性がある。仕事において彼の強みになっていた。

「お入りください」

アグネス・モローは座り心地の悪そうな背もたれの高い肘掛け椅子を勧めたが、マスターズはグレーのソファの端に腰を下ろした。彼女は背もたれに触れることなく背筋を伸ばして座り、貞操を脅かされる気配でもあればすぐさま立ち上がれるためかのように、肘掛けを握り締めた。

「病院で教えてもらったのですが」マスターズは言った。「あなたの勤務時間は、午後十一時から翌朝七時までだそうですね」

「そのとおりです」

「この土曜から日曜にかけても、いつもどおり勤務していましたか？」

「もちろんですわ。この十五年間というもの欠勤したことはございません」

「たしか、当夜はお産がありましたね？」

「分娩は二件ございました」

「お聞きしたいのは、ジャック・リッチモンド医師が担当していたほうについてです」

「ええ、わかりました。リッチモンド先生が呼び出しを受けてお見えになったとき、陣痛は予想よりゆっくり進行しているようでした。それで先生は待機せざるをえなくて、二時間ほど病院にいらっしゃいました」

「受付の記録では、リッチモンド医師は病院に二時間十分いたことになっています」

「わたくし、先生を見張っていたわけではございませんわ」

「そのことについてお尋ねしたかったのです。リッチモンド医師がずっと病院にいたのは確かでしょうか？」

「確かです」

「常に目の届くところにいらしたのですか？」

「まさか。忙しくて、誰かを常に監視する暇などございません」

「ですが、彼がずっと病院にいたのは確かだと言いましたよ」

「そのとおりですが、証明できるとは申しておりません。リッチモンド先生は、分娩は待つしかないと判断なさったとき、自分が横になれる空きベッドはないかお尋ねになりました。廊下の突き当たりに空いている個室がございまして、そこへ入っていかれる先生をお見かけしました。一時間ほどして呼びに行きましたとき、先生はいらっしゃいましたよ。その間、先生が病室を抜け出したと考える理由はわたくしにはまったくありません」

「あなたがその個室が使えると教えたとき、リッチモンド医師はまっすぐ入っていったのですか？」

「先に奥様に電話なさって、病院で長くかかると話しておいでででした。そのあと、個室へ向かわれました」

「個室は廊下の突き当たりだと言いましたね。その突き当たりには階段室もあるのではないですか？」

「たしかにございます」

「階段を下りると、外部に通じる出口ですか？」

「そうです。ドアは夜間は鍵がかかっておりますが、中からは開けられます」

「錠を固定できれば、外からドアを開けることもできるわけですね？」

「鍵がなければ無理です」

そうは言っても、ドアが完全に閉まらないようにしておけばいいのだ、とマスターズは心の中でつぶやいた。棒か折りたたんだ紙——ドアと脇柱のあいだに差し込めるものならなんでも——があれば事足りる。

「では、リッチモンド医師が個室に入ってから、あなたが患者の状態が整ったことを知らせに行くまで、誰も彼を見かけていないのですね？」

「わたくしは実際には見ておりません」

「ほかに夜勤についていた人はいらっしゃいますか？」

「わかりませんわ。ちょっと待ってください」モロー看護師は鋭く言った。「どうしてリッチモンド先生のことをあれこれお尋ねになられるんですか？　わたくし、先生方の話はしないことにしております」

「そうでしょうとも」マスターズはなだめるように言った。「ですが、これは警察の件でして、モローさん――」

「警察の件とはなんですか？　質問されるのでしたら、その理由を知る権利がわたくしにはございますわ！」

「夕刊には出るはずですが、二人の死が関係しているのです。少なくとも一人は他殺で、故人を知っていた人々の裏付け捜査をするのがわたしの役目です。リッチモンド医師はどちらの人物とも友人で――医師という職業がからんでいるわけではまったくありません」マスターズはにっこりとした。「納得いただけましたか、モローさん？」

看護師はのろのろと答えた。「ええ」

「それでは、当夜勤務についていたほかの職員に訊いてみてもらえないでしょうか――つまり、リッチモンド医師が個室へ入ってからあなたが呼びに行くまでのあいだに、彼が個室から出ていくのを見かけたかどうか」

モロー看護師は沈黙していた。しばらくしてから、口を開いた。「わかりました、マスターズ警部補」彼女は立ち上がった。「では、よろしければ――」

「ありがとうございます。なにかわかれば、ぜひご一報ください」

マスターズは急いで辞去した。妥協を許さない女性だ、と彼は思った。一緒に働かなければならない医師の個人的な事柄について口を閉ざすのは当然ながら、明らかに、必要とあらば仕事をも越える誠実さと厳格さを併せ持っている。彼女なら、なにか突き止めれば連絡をくれるにちがいない。

警察署へ戻ると、マスターズは自分のデスクへ直行した。検死官の報告書——解剖を依頼した医師から上がってきた報告書をまとめたもの——には、ライラ・コナーの殺害時刻は、おおよそ日曜日の午前零時から三時のあいだとあった。ラリー・コナーの死亡推定時刻はそれよりかなりあと、同日の午前五時から八時のあいだとなっている。妻を殺害した男が、自分も死ぬと決意するまでさんざん迷っている姿が目に浮かぶ。ライラを刺したあと、ラリーは本当に事務所でそれほど長い時間一人きりで座って、自殺する勇気を振り絞ろうとあがいていたのだろうか——たぶん自分で人生を棒に振ったことを悔やみながら。つじつまは合う。自殺しようという人間が、死に急ぐとはかぎらない。

マスターズは自分は死者にむち打っているのではないかという気がした。とどのつまり、ラリー・コナーが妻を殺して自殺したのは、初めから厳然たる事実のように思われるからだ。あらゆる状況証拠はそうだと告げている。今では解剖所見がそれを強く後押ししている。それなのに、どうして自分は異を唱えなければならないのか。裏付けとなる事実もない吹けば飛ぶような薄っぺらい仮説。スイッチが入っていなかった二台のエアコン。行方不明の勝手口のドアの鍵――これはラリーがなくしたのか、置き忘れたのか、いや、ほかの理由かもしれない。ふいに思考が飛躍して、マスターズは誰かがラリーを事務所で殺害したわけでも、彼の鍵でコナー家に忍び込んでライラを手にかけたわけでもないのではないかという疑念に襲われた。

マスターズはデスクの前に座ったまま、親指をくわえて、思考の奥をじっとのぞき込んだ。

ライラよりかなりあとにラリーが死んだ――自分が立てた仮説では、ラリーのほうが先に死んでいる――という医学的所見を引き出すためには、殺人者は二つの偽装工作を行わなければならない。ひそかにライラの遺体は分解が進むようにし、逆にラリーの遺体は分解が進まないようにする。妻の遺体の腐敗を早めるには、コナー家のエアコンを切っておけばいい。夫の遺体の腐敗を遅らせるには、事務所のエアコンを入れておくのだ。だが、偽装を文句なく成功させるには、殺人者はさらに二つのことをしなければならない。一つは、コナー家に戻ってエアコンのスイッチを入れること――そうしておけば、ライラの遺体が発見されたときに、エアコンは彼女が死んだときからずっと入っていたと思わせられる。もう一つは、ラリーの事務所に戻ってエアコンのスイッチを切ること――これで、ラリーの遺体が発見されたとき、エアコンは彼が死んだときからまったく入っていなかったと判断されるだろう。

そうした偽りを前提にするため、医学的所見は誤ったものになってしまう。ライラの遺体の傷み具合が進行していれば、当然、彼女は実際よりも早い時間に死亡したという結果が出るだろうし、ラリーの遺体に損傷が少なければ、彼は実際より死んで間がないという結果が出るはずだ。

突飛な考えに取り憑かれているのでなければ、そういうことになる、とマスターズは自嘲気味に思った。

その突飛な考えさえ、致命的な欠陥があった。それは、殺人者がライラを殺害してかなりの時間をおいたあと、エアコンを入れるためにコナー家に戻っていないことだ。さらに言うなら——そうした考えに合理性があるならだが——そいつはエアコンを切るためにラリーの事務所へ戻ることもしていない。

殺人者がコナー家に戻らなかったことで、この仮説は成り立たなくなっただろうか。いや、そうとはかぎらない。コナー家のエアコンがライラの死亡時から入っていなかったとわかっていても、医学的所見は彼女の死が先となっていたはずだ。というのも、事務所のエアコンを操作してラリーの遺体の腐敗を遅らせただけで、偽装工作は成功するからだ。殺人者はエアコンをつけにコナー家へ戻る機会がなかったのかもしれない。それぞれの家はかなり近い距離に建っている。近隣の住人たちはみな友人でもある。出入りするところを目撃されずにコナー家へ戻るのは、純粋に危険が大きすぎたのではないだろうか。ラリーの事務所となると、話は異なる。事務所は商業地区にあって、当日は日曜日でどの会社や店も閉まっていたから、誰にも見られることなく、裏通りに面した裏口からラリーの事務所へ入れたはずだ。

マスターズは自分の考えが定まったのを感じた。どうしてこれほど思考の迷路にはまり込んでいたのか不思議だった。

新たな論理的疑問が浮かんだ。殺人者がエアコンを切るためにラリーの事務所に戻るしかなかったのだとしたら、どうしてそのときに彼のキーケースにコナー家の勝手口のドアの鍵を戻しておかなかったのだろう。その鍵はラリーを殺害した折りに、コナー家に入り込んでライラを殺すために持ち出していたのではなかったのか？　現実には、殺人者は事務所へ戻ったときにラリーのキーケースに鍵を返してはいない。この事実によって、推理は土台から崩れるだろうか。

いや、やはり、そうとはかぎらない。人を殺して極度の緊張状態にあった殺人者がうっかり忘れただけとも考えられる。あるいは、殺人事件などめったに遭遇しない田舎の警察が、鍵がなくなっていることに気づくとは思いもしなかったのかもしれない——はたまた、気づいたとしても、そこに重大な意味を見出すとは考えなかったのではないか。

さらに言うと、田舎の警官など、単なる法の番人にすぎず、猿回しの猿くらいの頭しかないと高をくくっていたのではないのか！

マスターズはため息をついて目を閉じ、回転椅子の背に身体をあずけた。捜査を打ち切るか、続けるか、それが問題だった。

事件を頭の中で再現しはじめた。時間を巻き戻して、再びラリー・コナーの事務所の中に立つ。ちょうど彼の専用事務室に入ったところで、ソファに横たわって右手を床にだらりと垂らしたラリーを眺めている。どういうわけか映像はそこで止まり――映画のフィルムが止まったかのように――マスターズは観察を続けた。

長らくそうしていたあと、彼はその朝デスクに置かれていた報告書に手を伸ばした。あらためて注意深くを読み直す。

「おお！」マスターズは声をあげた。「なんてことだ！」

デスクの引き出しから電話帳を取り出すと、もどかしげにある番号を探した。

11

「ああ！」ナンシーは叫んだ。「なんてこと！」

マスターズ警部補から遅れること数時間。自分が彼と同じように声をあげたことをナンシーは知るはずもなかった――もちろん、デイヴィッドも。二人はテラスに寝そべり、デイヴィッドはナンシーに読書を続けていいと言われたり、だめと言われたりしながら、薄闇が迫る中でその章を読み通そうとしていた。彼は驚いて顔を上げた。

「どうしたんだ？」

「たった今、あることに思い当たったの」

「思い当たったとは、なにに？」

「もう信じられない」

「だったら、ぼくには話さないでくれ」

「もっと前に気づかなかった自分が信じられないっていう意味よ」

デイヴィッドはすっかり興味をそそられた。「ほう？　それはどういうことだい？」

「だって、少しでも頭の働く人間なら見過ごすわけがなかったし、最初からわかりきっていたことだもの」

「くそ、なんの話をしているのか、教えてくれるとありがたいね」

「もちろん、明かりのことよ」

「きみは光明を見出したのかもしれないが、ぼくは暗闇の中だ」

「わたしみたいに、家の外にいなかったからよ」

「いつのことだ？」

「ライラが殺された夜のことよ。コナー家の前でラリーと言葉を交わしたあと、裏でスタンリーとしばらくおしゃべりしていたときに、ライラの寝室の明かりがついているのを見たって言ったでしょう。明かりはついていたのよ、はっきりと覚えているわ。でもね、次の日、あなたとジャックとわたしとでコナー家へ行って、寝室で死んでいるライラを発見したとき、明かりは消えていたの。これが意味することがわからないかしら、デイヴィッド？　つまりライラは、ラリーが家を出たあとも生きていたのよ！　死んだ人間に明かりは消せないわ！」

章を最後まで読んでいる場合ではなかった。デイヴィッドはどこまで読んだかわかるようページの端を折って、本を閉じた。

「ラリーが車で出かけたあとにライラの部屋に明かりがついていたのはまちがいないのか？」

「まちがいないわ」

「うーん」デイヴィッドは考え込んだ。どんな意見が返ってくるのか、ナンシーは気を揉みながら待った。なんといっても、彼は自分にとって〝主人〟であり、〝家長〟なのだ。デイヴィッドの顔が晴れやかになった。「謎でもなんでもないよ」楽しそうに言う。「電球が切れたのさ」

「さすがね、思いつきもしなかったわ」ナンシーは顔を輝かせた。「でも、それなら確かめられるわね。ちょっと行って、電球が切れているか見てきましょうよ」

「それはできないよ、ナンシー。忘れたのか？　コナー家は封鎖されているんだ。警官だっているだろう」

ナンシーは沈黙した。ややあってから口を開いた。「警官って、人の邪魔をする名人よね。家に入れてくれるようマスターズ警部補に電話しないと。どう思う、デイヴィッド？」

「なんにしても」デイヴィッドはまいったというように答えた。「ぼくを巻き込まないでいてくれるならいいよ。まあ、寝室の明かりが消えた理由はいたって単純なものじゃないかな。ラリーがあとで戻ってきて、消したのかもしれないしな」

「それはないわ」ナンシーはきっぱりと否定した。

「どうしてだい？」

「そうなんだもの」

「だから、理由はなんだ？」

「ただそうなの」

「そうか」デイヴィッドは苛立たしげに身をよじった。「くそっ、こいつはまったく気に入らないな！　マスターズの突拍子もない説が急に筋の通ったものに思えてくるじゃないか。あいつがきみに話した例の仮説だよ。きみはあの男の言うとおりだと考えているのか？　この近所の誰かが犯人だと？」

「わからないわ……なんだかわたし、裏切り者になったような気がする……とにかく、犯人が誰かということは脇に置いて――動機は？」

「知られざる理由があったにちがいないさ」

ナンシーは鼻で笑った。「このあたりじゃ、知られずにすむことなんてないわ」

「そうかな？」デイヴィッドは皮肉っぽく聞き返した。「じゃあ、ライラとジャックがしばらくいい仲だったのは知っているのか？」

「ちょっと、やめてよ、デイヴィッド！」

「事実だよ。半年近く続いていた。ジャックが手を切ったんだ」

「デイヴィッド・ハウエル」ナンシーは大声をあげた。「わたしたちの目と鼻の先でそんなことが起こっていたはずないわ。それも、わたしに気づかれずにだなんて、ありえない！」

「目と鼻の先で起こっていたわけじゃないよ。ここからかなり離れた場所でだ。二人はそうやって、会うのに用心していた」

「だったら、どうしてあなたは詳しく知っているの？」

「詳しくは知らないよ。ジャックが教えてくれたから少し知っているまでのことだ。彼と二人で飲んでいたときに、いきなり打ち明けられたんだ。たぶんジャックは誰かに聞いてほしかったんじゃないかな。きっと関係が冷める前は盛大に燃え上がったんだろう」

「それって、男性には普通のことなの？　近所の奥さんと深い仲になって、それをバーでべらべらしゃべるなんて！　わたしに言わせれば、あのジャックは男っぷりがよすぎて身を滅ぼすわね。どうしてもっと前に話してくれなかったの？」

「べらべらしゃべらない男もいるんだよ」デイヴィッドは尊大ぶって答えた。

「今はべらべらしゃべっているじゃないの」

「これは別さ。隣人にあるかもしれない動機を考えようとしていたんだから。ぼくが論理的可能性として挙げるなら――」

「デイヴィッド・ハウエル、どうすれば殺人犯かもしれないと疑っている相手とゴルフをしてビールが飲めるの？」

「やめてくれよ、ぼくはジャックを疑ったりしてないぞ！　ばかげているにもほどがある」

「あなたはばかげていると思うかもしれないけど、マスターズ警部補は本気で考えるはずだわ。彼には誰もが容疑者なのよ、あなたやわたしも含めて。ジャックとライラのこと、ラリーは知っていたのかしら？」

「知らなかったんじゃないかな。ジャックに対する態度が変わったように感じたことはなかったからな」

「ヴェラはどうかしら？」

「ジャックが告げたはずはないだろうが、気づいてはいたんじゃないかな。ヴェラは恐ろしく勘が鋭いから。ごまかしとおせる相手じゃないし、どうもジャックが別の畑を耕しに行くのは初めてじゃない気がするんだ」

「そこまで言う必要はある?」ナンシーの口調はぼんやりしていたが、頭はそのことをめまぐるしく考えていた。「ヴェラはたとえ気づいていても、そんなことはおくびにも出さない人だわ。ライラにいつも感じよく接していて――ヴェラがライラとジャックのことを知っていたのなら、わたしはすっかりだまされていたわね。ライラに親切にする一方で、彼女を憎んでいたなんて」

「まあ、ヴェラはたぐいまれな女性だからね。ジャックとライラの関係を看破したとしても、彼女なら折り合いをつけられるんじゃないか――ジャックがライラと手を切れば」

「こんな話をしていても埒が明かないわ」ナンシーが決着をつけるように言った。「デイヴィッド、わたしの頭から離れないのは誰だと思う? つまり、殺人の容疑者として」

「ぼくかい?」

「あなたのほかによ」

「降参だ」

「スタンリーよ」

「あのスタンリー?」

「ええ、あのスタンリー」

「いくらなんでもありえないだろう」

「そうかしら？　あの晩、別れたあとで、スタンリーが路地に残っていたことが頭に焼き付いているのよ。振り返ってみたら、なんとも言いがたい様子で、明かりのついたライラの部屋の窓をじっと見上げていたの。彼女の誘惑をどれくらいまともに受け取ったのか不安になったわ。もちろん彼女はスタンリーをからかおうとしたにすぎないけど――ちょっと意地悪く――彼は女性のこととなるとさっぱりだめじゃない？　しかも、敏感に反応するし。いいようにあしらわれて体面を傷つけられ、笑いものにされて自分を間抜けみたいに感じたら、どんな行動に出るかと思ったの」

「いくら怒りに駆られようと、スタンリーがナイフを手に凶行に及ぶ場面は想像できないな」

「本気で言ってる？　男性って、そういうことには本当に鈍感なのね」

「そう言うが、殺されたのはライラだけじゃない。マスターズの説なら、ラリーも他殺ということになる。あのスタンリーが、怒りにまかせてライラを刺したあと、ラリーを殺人者に仕立てて自殺に見せかけて殺すという巧妙な計画を考えつけたと言い張るのかい？　あの晩、スタンリーには時間があったとしても、そんな悪知恵は働かないよ。実際のところ、ぼくはラリーが誰かに殺されたとはとても思えない。証拠が示しているように、彼は自殺したんだよ」

「それって、出来すぎじゃない？　偶然にもほどがあるわ！　ライラを殺したのはスタンリーなのに、彼女の殺害容疑がかかるそのタイミングでラリーが自殺したなんて。ええ、無理があるわよ」

「考えられる仮説は三つだな」とデイヴィッド。「一つ目は、ラリーがライラを殺して自殺した。二つ目は、謎の人物がラリーもライラも殺した。三つ目は、謎の人物がライラを殺し、たまたま同じ時間帯にラリーが自殺した。ともかく、部屋の明かりや鍵やエアコンからマスターズがどう推理しようと、やっぱりぼくは一つ目の仮説を強く支持するよ。ひどい話ではあるが、シンプルで証拠がそう示しているし、ぼくにはそれでじゅうぶんだ」

「ライラの寝室の明かりがついていた点はどう説明するの？」ナンシーが言い募った。「誰かが消したのよ、電球が切れたんじゃないなら」

「たぶんスタンリーが消したのさ」

「あら、噂をすれば、スタンリーが来るわ」

スタンリー・ウォルターズはしばらく前から自宅の裏庭に出ていて、ハウエル夫妻の様子をこっそりうかがっていた。それが今や路地へとやってきて柵を越え、ハウエル家のテラスへよたよたと歩いてくる。落ち着きがなく不安そうな彼は、かっとなって犯罪に走るどころか、計略を巡らす殺人者にもまったく見えなかった。

「やあ、スタンリー」デイヴィッドが声をかけた。

「こんばんは、スタンリー」とナンシー。「メイはどうしたの？」

「あまり具合がよくないんだ」スタンリーが答えた。「頭痛で横になってるよ」

「まあ。ビールかなにか飲む？」

「いや、遠慮しておくよ」スタンリーは椅子に腰を下ろして両手を組み合わせると、問題点でも探すかのように二人をじろじろと見た。「実は……二人に話したいことがあるんだ。その、あることがずっと頭にあって、どうにも振り払えない」

「そういう場合は人に話すのが」ナンシーが温かく言った。「一番の特効薬よ。わたしたちを聞き役に選んでくれてありがとう」

「そのとおりだ」とデイヴィッド。「なにがずっと頭にあるんだい？」

「ライラが殺された夜のことだよ」スタンリーは隣家の寝室の窓に視線を向けた。窓を見つめたまま、話を続けた。「ラリーは家を出る前にライラを殺したことになってる。でも、事実じゃないんだ。というのも、彼が家を出たあと、ライラはまだ生きていたから」

「ライラを見たのね？」ナンシーが叫んだ。「やっぱりだわ、デイヴィッド」

「スタンリーはライラを見たとは言ってないぞ。まだ生きていたと言っただけだ」

「見たに決まってるじゃないの！　ほかにどうやって彼女が生きていたとわかるのよ」

「声を聞いただけかもしれないだろう」

「そんなのばかげてるわ。スタンリー、あなた、ライラを見たんでしょう？」

「ああ。彼女に会って、話もした」スタンリーは惨めそうに言った。「あんたたちには打ち明けるけど、本当にあんなことをしなければよかった」

「ほらね、デイヴィッド、これであなたも気がすんだでしょう？　だから、もう余計な口は挟まないでもらえるかしら。さあ続けて、スタンリー。どうしてライラのところへ行ったの？」

どうにも答えにくい質問だったらしく、たちまちスタンリーは顔を赤らめた。しかも、心の重荷は下ろしたいものの、この点に関してはすべてをあからさまにしたくないというのが口ぶりにありありと出ていた。

「それは……おれは路地にいて、ほら、ナンシー、あんたも知ってのとおりで……どうにもライラのことを考えずにいられなかったから――つまり、なんだか心配でね、一晩中、家に一人きりでいて大丈夫かと思って――とうとう様子を見に行ったんだよ」

なるほど、結局あんたはつまみ食いをしようと出かけていったわけか。デイヴィッドは心の中で冷やかしたが、口には出さなかった。

「実際に家の中へ入ったの？」ナンシーが夫に鋭い一瞥を向けながらスタンリーに尋ねる。心が読めるのか、とデイヴィッドは驚いた。

「いやあ……ライラが入れてくれなくてね。その、彼女はどうもおれが訪ねていったのには、別の理由があると勘ぐったようなんだ」スタンリーは汗をかきはじめた。ハンカチを取り出して汗を拭く。

「それで、正確にはなにがあったの、スタンリー？　これはとても大事なことなのよ。省略はいっさいなしでお願い。いい？」

「わかったよ。勝手口へ行って呼び鈴を鳴らすと、ライラが二階の寝室の窓を開けて顔を突き出し、いったいなんの用かと訊いてきた。それで、一人で大丈夫か様子を見に来ただけだと答えたら、ライラは笑って、今夜は店じまいだ、みたいなことを言って、帰るよう促した。で、おれは立ち去った」スタンリーはまた汗を拭くほかなかった。「それだけだよ。おれは本当にどうかしてたんだ」

「ライラは窓を開けたのね」ナンシーがつぶやくように言った。「彼女、窓を閉めたの？」

「閉めたさ、ナンシー」

ナンシーはデイヴィッドに顔を向けた。「ジャックはマスターズ警部補に、エアコンが入っていなかった理由として、ライラとラリーは窓を開けるつもりだったのではないかと話したのよ。ただ二人には開ける機会がなかった、というのがジャックの説だった。その仮説は明らかに成り立たないわね。だって、ライラはスタンリーに対して窓を開け、さらに閉めているんだもの。エアコンを入れてなかったのなら、そのまま窓を開けておけばいい話でしょう？」

「ライラは無意識に閉めたのかもしれないぞ」デイヴィッドが反論した。「ほら、いつもの癖でさ」

「そう考えたければどうぞ」ナンシーは冷ややかに応じた。「わたしはそうは思わないわ」

「ともあれ」とスタンリー。「おれが悩んでるのはこのことなんだ。どうすればいいかわからないんだよ」

「悩むまでもないことよ、スタンリー」ナンシーが言った。「マスターズ警部補に伝えるしかないわ。それが市民の義務よ」

「それはそうなんだが」スタンリーは不安そうな目を自宅の方へちらりと向けた。「公にせずにすまないものかと思っていたんだ。メイはおれがライラの無事を確かめに行っただけだということを絶対に信じないだろうから」

「その点については、わたしも信じているとは言い切れないわ。でもね！　警察はそういうことは配慮するものよ、スタンリー。必要に迫られないかぎり、メイに伝えたりしないわ」

「そうはいってもな」スタンリーがぼそぼそと言った。「そもそも警察に話さずにすませたいんだよ」

「代わりにわたしからマスターズ警部補に伝えましょうか？　どのみち、明日の朝、彼と話さなければならないことがあるから――」

「そうしてくれるかい、ナンシー？」スタンリーは気の毒なほどほっとした表情になった。「助かるよ！　事態がそれほど変わるわけではないだろうけど。どのみちマスターズ警部補はおれに事情を聞きに来るだろうから」

「それは」とデイヴィッド。「まちがいないな」

スタンリーはため息をついた。一瞬、今にも泣き出しそうな顔になる。やがて、もう一言も言うことなく、彼は重い足取りで路地を横切っていき、自分の裏庭から家へ戻っていった。

「哀れなスタンリー」デイヴィッドが言った。「どうして打ち明けたと思う？」

「いずれ突き止められると考えたからじゃない？」とナンシー。「責め立てられる前に自分から話すほうがたいてい有利に働くもの。そして、誠実だという評価を得られる。そうしておけば、ダメージが大きなことについては嘘をついたり、省いたりできて、処罰を受けずにすむ可能性がある」

「なんだよ」デイヴィッドが大声で言った。「きみはますますマスターズみたいな口ぶりになってきてるぞ！」

「それは」とナンシー。「彼みたいに考えるようになってきているせいじゃないかしら」

12

翌朝、マスターズ警部補は警察署ですべきことがいくつかあり、中でも真っ先にやらなければならないのは、署長にコナー夫妻の捜査はもっと掘り下げるに値すると納得させることだった。値するどころか、そうすべきだと。そしてマスターズは、できるかぎりはっきりとそう告げた。

「本気なのか、ガス？」署長が言った。「そうしたほうがいいと思うのか」

「本気です」マスターズは答えた。「そうでなければ、喜んで捜査を終了させていたでしょう」

「だが、引き続き捜査するなら、なにか根拠となるものが必要だ。エアコンや行方不明の鍵の話なんぞはもう持ち出すな。確固としたものを出せ」

「ええ、昨日あることに気づいたのです。危うく見過ごすところでした、あまりにあからさまで」

「ほう、それはなんだ？」

「ライラ・コナーが夫ではない誰かに――おそらくは夫も殺した者に――殺害されたという証拠です」

「また蒸し返すのか！　発生直後に解決するような事件があるとしたら、今回のがそうだぞ！　いいだろう、ガス。おまえの言う証拠とはなんだ？」

「昨日の午後、わたしは署の自分の席に座って、捜査を続行させるか終了させるか迷っていました。そのときふと、コナーの事務所で目にしたことを思い出したのです。コナーはソファで倒れ、右腕がソファの端からだらりと垂れていました。長袖のシャツの袖口からのぞく手首に腕時計をしていたのです。つまり、右手首に。断定はできませんでしたが、ラリー・コナーが左利きだということを強く示唆していました。そこで、秘書のルース・ベントンに確認の連絡をしたところ、予想は的中でした。コナーは左利きだったのです」

「だからなんだ？」

「指紋鑑定の結果、ラリー・コナーの指紋が——そして彼の指紋だけが——凶器の柄の部分についていたことが判明しています。右手の指紋がです。でも、彼は左利きなんですよ！　この意味がおわかりでしょうか？」興奮のあまり、マスターズはドラゴンの鉤爪のようにざらついた人差し指で署長の鎖骨を突いて、署長はたじろいだ。「要するに、署長、ペーパーナイフに残っていたコナーの指紋は、彼が左利きであることに気づかなかったか、知らなかったか、うっかり忘れていた何者かにつけられたものだということです！　指紋はコナーが事務所で死んだあと、凶器につけられたと考えるのが筋でしょう！　つまり、凶器はそのあと、コナー家に持っていかれてライラ殺しに使われたのです！　夫に妻を殺すことなど不可能です！　そして夫が犯人でないなら、なぜ自殺したんです？」

「ちょっと待ってくれ」署長が頭を抱えて、うなるように言った。「ペーパーナイフが事務所から自宅へ持っていかれたことは証明できるのか？」

「それが自然の流れでしょう、署長」

「うちの犬がやたらと事に及びたがるのもな」署長は下卑た言い方をした。「だからといって、実際に及べるわけでもない」

「署長」マスターズが言った。「コナーの秘書だったルース・ベントンがその点は解決してくれるでしょう――彼女はペーパーナイフが事務所にあったものか確認しに今朝ここへ来る手はずになっています。電話では、コナーが事務所に置いていたペーパーナイフのようだと言っていましたが、現物を見るまでは断定はできないとのことだったのです」

署長は老婆のように身体を揺らし、聞こえるか聞こえないかの声で悪態をついた。どうやら分の悪い展開になると予測してのことらしい。

「おまえの勝ちだよ、ガス。捜査を続けろ。だからといって、三か月もの大盤振る舞いはしないぞ。時間はどれだけ必要か言ってみろ」

マスターズは素早く考えた。一週間あれば解決できるだろう。「十日です」

「では、一週間やる。犯人の目星はついているのか？」

「まだです」

「嘘だな。いいだろう、さあ、行け」マスターズが身体の向きを変えて立ち去ろうとしたとき、署長が言葉を足した。「容疑者を引っ張るときは慎重にな」

「わかっています、署長」

「念には念を入れるんだぞ」署長はしかつめらしく言った。

マスターズは自分の席へ戻った。その途中、廊下の時計が九時過ぎを指しているのに気づいた。ルース・ベントンとの約束は九時半だ。

それまでに片付けておくことがいくつかあった。マスターズの記憶では、ライラ・コナーの二番目の夫は自殺したということだった。それが事実なら、警察に報告書が残っているはずだ。そこでカンザスシティの本部に、報告書の件とそれに付随した情報はないか電話で問い合わせた。だが、残っていたのは報告書だけで、マスターズが求めていたたぐいの情報は含まれてないようだった。次の電話は、カンザスシティの探偵事務所にかけ、捜査を効率よく進めるためにできるかぎり多くの手がかりが得られるよう、早急な調査を頼んだ。それがすむと、マスターズは椅子の背にもたれて、ルース・ベントンが来るまでの十五分を待つことにした。わずか三分経ったところで、電話がかかってきた。第一声で相手が誰かわかる。なんという声だろう！

「ナンシー・ハウエルです」声の主は言った。聖堂の鐘の音のような——澄んだ鐘の音のような声だ。

「おや、これはハウエル夫人。また連絡をいただけるとは思ってもみませんでした」

「昨日のことがあるから、という意味ですか？」

「ええ。あなたの電話帳から名前を消されたはずだと感じましたので」

「実は、ちょっとしたことがあって、状況が変わったんです。どういうことかお聞きになりたいですか？」

「ぜひお聞かせ願いたいですね。こちらへ来て、話してくださいませんか」

「こちらへ出向いてくださるといいのですけど。あなたのお力を借りて、したいことがあるんです。その——ある実験を」

「もう少し具体的におっしゃってくれませんか？」

「それはちょっと……。今お話しできるのは、その実験をするには、コナー家に入る必要があるということだけです」

「コナー家に？　いいですとも、ハウエル夫人！　すぐにうかがいますよ」

受話器を置いたところへ、ルース・ベントンが約束の時間より数分早く現れた。一目で、彼女がつらさに打ちひしがれているのが見て取れた。純粋に親切な雇い主のことを悲しんで目の下に隈ができているのではなかった。

「ご足労くださり、ありがとうございます、ベントンさん」マスターズはねぎらった。「ほんの一分ですみます。電話でご説明したように、ライラ・コナー殺害に用いられた凶器を見ていただきたいのです」マスターズは凶器のペーパーナイフを入れた紙張りの箱をデスクに置いてあった。蓋をとって、血のこびりついた凶器を取り出す。ルース・ベントンは目を閉じたものの、すぐにまた目を開けた。

「そうです」ベントン嬢は言った。「ラリーのペーパーナイフです。いつも事務室のデスクに置いてありました」

「確かですか？」

「まちがいありません」

「それを宣誓したうえで証言していただけますか？」

「かまいませんわ。でも、どうしてです？　ラリーが奥様を手にかけたわけではないということになるんですか？　それとも彼が犯人ということに？」

「彼が犯人ではないという証拠になるかもしれません」

「でしたら、犯人は誰です？」

マスターズは立ち上がった。「ご足労いただき、ありがとうございました、ベントンさん」

ルース・ベントンはお役御免となったことを肩をすくめて受け入れ、自分も立ち上がった。

「ラリーが犯人でも、わたしは彼を責めたりしません。ですが無実なら、それを証明するのにどんな協力もいたします」

シェイディ・エーカーズの郊外へ車を走らせたマスターズは、ハウエル家の手前で車を止めて、勝手口へとまわった。こぎれいなラベンダー色のハウスドレスに身を包んだ魅力的なナンシー・ハウエルがイチゴからヘタをとっている。そのせいで手が鮮血に染まっているような衝撃的な錯覚をしてしまった。マスターズは帽子を片手に恐縮しながら家の中へ入り、促されるままキッチンテーブルの前に座った。コーヒーを勧められた彼は喜びに打ち震えた。ナンシーがマスターズをすっかり許したわけではないにしても、ひとまず棚上げにしたことを意味していたからだ。

「遅くなってすみませんでした、ハウエル夫人――ええ、ありがとうございます」マスターズは礼を言って、コーヒーを受け取った。「ずっとお待ちいただいていたのでなければよいのですが」

「お気になさらないでください、警部補さん」とナンシー。「急ぎの用件ではありませんから。それどころか、わたしのほうこそ、あなたに謝らないと。とくに急いでもいないことに詫びてくれているんですもの」

「少なくともわたしには、そんなお心遣いは無用です、ハウエル夫人。負い目を感じたりしないでください。もちろん、謝罪もなしです」

「まあ、ありがとうございます、警部補さん。とても寛大でいらっしゃるんですね」

マスターズはコーヒーに口をつけた。本当はクリームと砂糖が欲しかったが、訊くのを遠慮していた。しかも、いつ淹れられたものなのか、コーヒーは苦みが強かった。それでも彼は、一口ごとにうまそうにしてみせた。

「さて！」マスターズは言った。「あなたの実験とやらについてですが、ハウエル夫人。コナー家に入る必要があるようなことをおっしゃっていましたね？」

「コナー家の鍵を持ってきてくださったんでしょう？　わたしを家の中へ入れていただきたいんです」

「どうして中へ入りたいのですか？」

「ライラの寝室の明かりをつけてみたくて。ちゃんとつくか確かめたいんです」

マスターズは目をしばたたいた。「どういうことか説明してもらえませんか？」

「ライラが殺された夜、彼女の寝室の明かりがついていたことをふと思い出したんです——ラリーが家を出たあとにです。見たのはまちがいありません。でも次の日、ライラの遺体を発見したとき、明かりは消えていました」

「本当ですか！」マスターズは称賛と敬意をもってナンシーを見つめた。この話は、彼の仮説を裏付ける有力な証拠となりうるものだった。「あなたは、ライラが明かりを消したと考えているのですね？」

「そうでなければ、ほかの誰かが。いずれにしても、ラリーが出ていったあとに誰かが家にいたことになります——だとすれば、ラリーの身の潔白を証明する第一歩になるはずですわ」

「言うまでもなく、電球が切れていなければの話ですが」

「もちろんですわ。それで、電球が切れていないか試したいんです」

「試すまでもありませんよ、ハウエル夫人。電球は切れていません。事件後に確認しました」

「ベッドランプもですか？」

「ベッドランプ？　いえ……あなたが目撃したのは、ベッドランプの明かりだったかもしれないのですか？」

「どうでしょうか。でも、どんな可能性も残すべきではないんじゃありません、警部補さん？」

「おっしゃるとおりです！　では、一緒にコナー家へ行って試してみましょう」

二人は玄関からコナー家に入ると、脇目も振らずに二階にあるライラの寝室を目指した。部屋の戸口で、マスターズはナンシーが先に入れるよう、脇へ寄った。

「あなたの思いつきですからね、ハウエル夫人」マスターズは茶目っ気たっぷりに言った。「あなたが試してみてください」

室内は薄暗く、ナンシーはしぶしぶその中を進んで、悲劇のダブルベッドのそばまで行った。ベッドランプはなんの問題もなくついた。ランプを消すのと同時に、マスターズが壁のスイッチを入れて天井の明かりをつけた。

「これではっきりしましたわ」とナンシー。「電球は切れていませんでしたし、わたしが見たのはまちがいなく天井の明かりです。ベッドランプが照らすのはほとんどベッドだけでした。なにより明るさが足りません」

「あなたは重要な点を証明してみせましたよ」マスターズはあたりを見回した。「ところで、ここにいるうちに探したいものがあるのです。待っていただいてもかまいませんか？」

「なにをお探しですの、警部補さん？」

「鍵です。勝手口のドアの鍵です。ライラのはハンドバッグの中にあったキーケースに入っていましたから、それで説明がつきます。ですが、ラリーのは行方不明なのです」

「なんてぞくぞくするのかしら」とナンシー。「一緒に探してはご迷惑でしょうか、警部補さん。じっと立って待つのはどうも苦手なんです。かきにくい場所にかぎって、むずがゆくなるものですから」

「そうおっしゃられても」マスターズは言葉を濁した。「規則に反しますので――」

「どなたが決めたことですの――歩くのもおぼつかないような老署長？」ナンシーはあざけるように言った。「それとも――」彼女の目の中で燃え上がる美しい炎にマスターズはたじろいだ。

「わたしはまだ容疑者なのかしら、警部補さん？」

「いえ、まさか、とんでもない」マスターズは慌てて答えた。「ぜひともお手伝いいただきたい！」

それから一時間近く、二人は鍵が置き忘れられるか、落とされるか、隠されるかしそうな、考えつくかぎりの場所を調べながら家の中を移動していった。だが、発見には至らなかった。ついに、二人は捜索を開始した寝室へと戻った。ナンシーはあきらめて、ライラの優美な長椅子の端に腰を下ろした。ところが、マスターズはあらためて室内を一巡し、バスルームへと入っていった。出てきた彼はひどく謎めいた顔つきをしていた。

「言わせていただければ」ナンシーが声をかけた。「こんなことをしても時間の無駄ですわ。日曜の午後に勝手口のドアを試したとき、鍵はかかっていなかったとお話ししたでしょう。どうしてそれ以前には鍵がかかっていたという考えに固執するのか理解に苦しみます」

「コナー家では勝手口のドアは施錠しないものなのですか？　たとえ夜間でも？」

「そうじゃありませんけど、あの夜は鍵をかけ忘れたのかもしれないでしょう。二人ともビールをたくさん飲んでいましたし、喧嘩もしたんです。酔っ払って喧嘩すると、夫婦が靴を脱ぐのを忘れてベッドに入ることだってあるくらいですから、勝手口の鍵をかけるなんて些細なことは頭から抜け落ちたって不思議じゃありません」

「いいえ、殺人者は運任せにしたりしないものです、ハウエル夫人。犯人は勝手口のドアが施錠されていた場合に備えて、やはり鍵を持ってきたはずです」

「だったら、まだ犯人が持っているのかもしれませんわ」

「そこまで間抜けではないでしょう」とマスターズ。「それに、われわれが相手にしている人物が誰であれ、愚か者でないのは確かです」

「それなら、単に捨てたとか」

「かもしれません」マスターズは謎めいた口ぶりで言った。

「警部補さん、なにかご存じなのね！」ナンシーは興奮のあまりマスターズの腕をつかんで、ぐっと顔を寄せた。一瞬マスターズは目を閉じた——ナンシーの香水の香りにくらくらした。

「ねえ、なんですの？　おっしゃって！」

「ちょっと思いついたことがあるのです」彼は弱々しく答えた。

「どんな？」

「今は申し上げるのを控えさせてください。まったくの見当違いかもしれませんから」

これで話は打ち切りだとはっきりさせたので、ナンシーはマスターズとハウエル家へ戻った。テラスでマスターズが帽子を持ち上げて辞去しようとしたとき、ナンシーが口を開いた。「まあ、うっかり忘れるところでしたわ！」彼女はマスターズを引き止めた。事件当夜、自分が家に引き上げたあとにスタンリー・ウォルターズがライラと話したと打ち明けたことを遅ればせながら思い出したのだ。マスターズは、その夜スタンリーがナンシーとおしゃべりをしていたときに立っていた路地を苦々しげににらみつけながら、話に耳を傾けた。

伝え終えたナンシーに、「その件は了解しました」とマスターズはうなるように言った。「どうしてウォルターズ氏は直接わたしに話さなかったのでしょうか」

「スタンリーをあまり責めないであげてください、警部補さん」ナンシーはとりなした。「奥さんが死ぬほど怖いんです。メイは自分以外の女性がからんでくると、それは攻撃的になれる人ですから」

メイ・ウォルターズのことを思い出して、マスターズは心の中で大いにうなずいた。それでも、彼は怒りをたぎらせていた。

「ウォルターズ氏はわたしに知らせるべきでした。殺人事件の捜査において証拠の秘匿は重罪に値します。おかげでわたしは時間を無駄にし、頭痛に悩まされることにもなりました。頭が混乱した泥沼状態の中でもがき苦しんだりせずに、好調なスタートを切って捜査に取り組めていたはずなのですよ！」

「スタンリーは隠していたわけではありませんわ」ナンシーは慌てて言った。マスターズの予想もしなかった反応を目の当たりにしていささか怯えていた。「打ち明けるのに少し時間がかかっただけです、警部補さん。実際、スタンリーはあなたに伝えてくれるようわたしに頼んだんですもの」

マスターズは低くうなった。「ウォルターズ氏にはあとで話を聞きますよ。問題は、証拠は今や決定的なものになったという点です。あなたが家を出るラリー・コナーを目撃したあと、ライラはまちがいなく生きていた。つまり、ラリーは妻を殺していないし、その結果、自殺もしていないという結論にいやでもたどり着きます。ウォルターズ氏の証言は、ほかの証拠とも符号します。わたしとしては、もはや二人の人間を死に追いやった生きた殺人者を相手にしていると確信していますよ。それにわたしの頭がおかしくなってでもいないかぎり、犯人はこの近くに住んでいるはずです」

そしてマスターズは、自分の車の方へ大股に歩いていった。

13

ドアを一つずつ試しながら裏通りをやってくる男がいた。建物の背面が通りに接していれば、しばらく足を止めて、裏口のドアが施錠されているか確認する。建物と通りのあいだに駐車場があれば、一、二分姿が見えなくなる。マスターズには自分の視界に入っていないドアを男が確かめているとわかっていた。戸締まりを確認している男は、かつて鉄道会社で制動手をしていたが、事故に遭ったせいで片足を引きずっていた。当時、多額の示談金を受け取ったものの、金はとっくの昔に使い果たし、今は少ない年金を、夜間警備員として得た収入で補って生活している。男の名はジェイク・キンブルといった。

裏通りが終わる脇道で待っていたマスターズは、近づいてくる懐中電灯の明かりや、ジェイクがでこぼこの煉瓦道で不自由な足を引きずる音で、彼の進行具合をはかっていた。キンブルじいさんの巡回路なら熟知している。もう十五分ほど前から彼を待っていた。というのも、この警備員が極めて重要な情報を持っているかもしれないと思い至ったからだった。

やがてジェイク・キンブルが暗闇から街灯の光の中へ姿を現した。

「やあ、ジェイク」マスターズが声をかけた。

「へっ?」老人がぎくっとする。彼はぼんやりとした明かりの中へ目を凝らした。「マスターズ警部補さんかい?」

「そうとも。なにか問題があるのかい、ジェイク?」

「いいや、なんもないよ」

「だが、この前の晩はちょっと大変だっただろう?」

「とんでもねえ、警部補さん」ジェイクは素早く答えた。

マスターズは笑った。「自殺は珍しくないとでも？」

「ああ、コナーさんが女房を殺したあと自殺したことを言ってるのか。いや、彼は面倒は起こさなかったよ。とにかく、わしには」

「土曜の夜だったな」

「最初の巡回は土曜の晩。二度目は日付が変わって、日曜の朝だ」

「二度とも彼の事務所の裏口のドアを確認したのか？」

「したとも。ちゃんと鍵がかかっていた。自分の仕事は心得てるよ、警部補さん」

「念のために訊いただけさ、ジェイク。その事件を捜査中で、あんたがなにか気づいたことがなかったかと思ってね」

「そりゃ無理ってもんだよ。最初の巡回のとき、コナーさんは事務所にいなかった。自信を持ってそう言える。けど、二度目の巡回のときは確かに事務所にいた。たぶんもう死んでたんだろうな」

「どうしてわかる？」

「死んでたことがかい？　わからないよ。〝たぶん〟って言っただろ？」

「いやいや、死んでいたことじゃない。ラリー・コナーが事務所にいたことがだ」

「建物の裏手に彼の車が止まってたからだよ！」

マスターズはひそかに悲しげな笑みを浮かべた。「ほかに理由は？」

「あるとも。コナーさんは裏口の横の窓にエアコンをはめ込んでる。最初の巡回のときは動いてなかったが、二度目のときは動いてたんだ」


午後十一時を少しまわっていた。その夜は精力的に聞き込みをしていたが、マスターズはさらにもう少し捜査を進めることにした。主要幹線道路を通って町を出る。十五分ほど車を走らせたところで——カンザスシティとの中間点あたり——石壺とガラス煉瓦で装飾され、巨大なネオンサインが灯る洒落た建物の前に車を止めた。

上品なカーペット敷きのロビーがあり、その向こうのテーブル席が所狭しと置かれた広い部屋を、マスターズは入口からのぞいた。すべての席が埋まっているわけではない。平日の夜の客足は比較的遅いのだ。そのとき室内の照明は落とされ、青みがかったまばゆいスポットライトの中で、イブニングドレスを身にまとった若い女がこぢんまりとしたバンドの演奏に合わせて歌っていた。入口を入ってすぐのところに、ひげの剃りあとが青々しいナイトクラブの案内係が、その顎よりもわずかに青みの強いタキシードを着てメニューを腕に抱えて立っている。案内係は冷ややかな視線をマスターズの全身にざっと走らせた。たしかに、よれよれのスーツにしわくちゃのシャツ、くたびれたネクタイ姿のおれはこの場にふさわしくないさ、とマスターズは心の中で認めた。

「お席は一つでよろしいでしょうか……お客様？」〝お客様〟はしぶしぶ口に出された。

「必要ない」マスターズは答えた。「人を探しているだけだ」

「お友達をでしょうか？　お手伝いできるかもしれません」

「あいつを友達と呼ぶ気はない。ルイス・シュリルだ。ここにいるか？」

「シュリル氏でしたら、オフィスにおりますが、邪魔はできないかと」

「お互いに邪魔する間柄なんだよ」マスターズは警察バッジを見せた。「さあ、どいてくれ。行き方なら知っている」

オフィスは左手の重いオーク材のドアの向こうにあった。マスターズがドアをノックすると、喉に詰まったような声が「入れ」と返ってきた。マスターズは中に入った。

喉に詰まっていたのは、スクランブルエッグと鶏のレバーだった。ルイス・シュリルは夜食を摂っているところだった。マスターズは夕食からずいぶん時間が経っていること、そして朝食まではさらに時間があることをしみじみと思った。彼はシュリルのデスクのそばにあった椅子にさっさと腰かけた。

「どうぞかけてくれ、ガス」シュリルが言った。

マスターズはそばの床に帽子を置いた。「おれにかまわず食事を続けてくれ、ルー」

「あんたも食うか？　皿とフォークを持ってこさせるぞ」

「遠慮しておく。他人が見たら賄賂をもらっていると思うかもしれんからな」

「相変わらず安月給で満足ってか、ガス？　汚職警官よりおれを悩ますものがあるとすれば、そいつは正直者の警官だ」

「頼みがあって来たんだよ」マスターズは言って、微笑した。

「管轄外だろう」

「管轄外で、不得意分野で、おそらく社会通念からも外れている」

シュリルはフォークを口に運ぶ手を止め、じっとマスターズを見つめた。やがて彼は言った。

「用件を言えよ、それからだ」

再びシュリルは卵とレバーに取りかかり、マスターズはよだれを垂らしそうになりながらそれを眺めた。ただの偶然にすぎないが、シュリルの声は――食べ物で不明瞭になっているとしても――甲高い音を意味するその名前にふさわしいものだった。高く、抑揚に富んで、女っぽいと言ってもいいほどだ。その声がでっぷり太った身体から発せられるのが滑稽きわまりない。だがやがて、経験からにしろ、他人から教えられるにしろ、この男には笑える面などまるでないと思い知ることになる。シュリルの顔は大きくて浅黒く、小さな動かない目が、さらに色黒の肉のふくらみに埋もれている。真ん中で分けた髪は漆黒でかつらのようにつやがあり、実際それはかつらだった。女も顔負けのゴシップ好き。それも色恋がからむものに敏感だ。アメリカ中西部のいかにも清廉潔白そうな人々のうしろ暗い秘密をシュリルは把握していた。この情報の宝庫に聞き込みをするのがマスターズの訪問の目的だった。

「情報が欲しいんだよ、ルー」マスターズは言った。

「警察は情報を仕入れるのに、いつからおれのところへ来ないといけなくなった？」

「おまえに訊けば手っ取り早いし、時間がないんだ」

「わかったよ、ガス。なにが知りたい？」シュリルは相変わらずがつがつ食べつづけている。

「二人の人物について、おまえが知っていることすべて。ライラ・コナーとジャック・リッチモンド医師だ」

口に運びかけていたフォークが途中で止まった。一瞬の間のあと、それは口へと入っていき、皿に戻っていった。シュリルの顎が上下に動く。彼は食べ物を咀嚼しながらしゃべった。

「その女は亡くなったぞ、ガス。死者の話はしない。災いをもたらすからな」

「今回は例外にしてくれないか、ルー。どうしても必要なんだ」

「あんたは夜行性かなんかか？　副業で離婚問題を扱っているのか？」

「なるほど、離婚の原因になることとか」マスターズはにやりとした。

「言葉尻をとらえるのはよせ、ガス。新聞で読んだところじゃ、殺人の動機にもなっただろ。夫が彼女を殺っちまった。夫が品行方正でもなかったという点を除けば、意外でもなんでもなかったな」

「ある秘書のことを言っているのか?」

「へえ、コナーと彼女のことをつかんでいるのか」ルイス・シュリルは驚いたようだ。突如として笑いだした。「いや、おれにとってはどうでもいいことだ。あんた、先生《ドク》のことが知りたいのか? そうだな、彼は目先の変わるものが好きだ。コナーの女房は初めての相手じゃなかったし、最後でもないだろうよ」

「ルー」マスターズは身を乗り出した。「リッチモンドとライラ・コナーのスキャンダルというのはなんだ? リッチモンドは彼女を持てあますようになったのか?」

太った男は肩をすくめた。「そんなこと誰にわかる? おれが知っているのは、ドクは彼女と長らく楽しんでいたことだけだ。何度かこの店へも連れてきた——だから好奇心をそそられたのさ。ドクみたいな男がいるからわくわくするし、ときには——わかってるだろう、ガス——気づいたことからそれ相応の報酬を得る場合もある。カンザスシティにコネが——ホテルやモーテル、私立探偵に——あるのは、あんたも承知のうえだ。ちょっと報告をくれるよう手配したのさ」

「それで？」

シュリルは片目をつぶってみせた。ブッダがウインクをしてよこしたようなもので、衝撃的だった。「なんとも刺激的な内容でね。まあ、ドクの女房が興味を示しそうなものがいくつかあったな」

「ライラ・コナーに関することでか？」

シュリルは皿を脇に押しやって、テーブルクロスほどもあるナプキンで口元を拭いた。ナプキンを丁寧にたたむと、一点の曇りもない皿の横へ置いた。

「ああ」シュリルは答えた。「ライラ・コナーに関することでだ。それと、これをあんたに言っておこう、ガス。ドクはあの女とあっさり縁を切れて運がよかったよ。彼女は正真正銘の性悪女だった——誰彼かまわず色気を振りまくくせに、自分は息一つ乱さないたぐいの女だ」

マスターズはかがんで、帽子を拾い上げた。「そうした情報をもとに、相応の報酬を得たのか、ルー？」

「おいおい、ガス」ルイス・シュリルが甲高い声で言い、げっぷが出て見事な太鼓腹が揺れた。

「失礼……おれがちがうと答えたら、それを信じるのか？」

「いいや」とマスターズ。

「だったら、なぜ訊く？　だが正直なところ、二人の件にまでは手がまわらなかった。コナーのせいで、相応の報酬を得る機会を失っちまったぞ」

マスターズは疑わしげな表情をした。そのくせ微笑して、「ありがとうよ、ルー」と言って、立ち去った。

町の軽食堂へ寄ってハンバーガーとコーヒーを腹に入れようかと考えたものの、マスターズは食欲がなくなっていることに気づいた。そこで、裏通りのバーへ行って、ライウイスキーを二杯引っかけることで手を打った。

ハウエル夫妻が帰ったあと、明かりを消した家はゆったりとした大きな鼓動に合わせて呼吸しているようだった。ヴェラ・リッチモンドはベッドで夫の隣に身を横たえ、息遣いに耳を澄ませ、鼓動を数えていた——どちらも自分自身のだ。ベッドに入って半時間が過ぎていたが、まだ眠れなかった。この先眠れることはあるのだろうかと自分に問いかける。もちろん、眠れるに決まっている。いずれ死のように深い眠りが訪れ、その終わりには、ささやかな変化があるかもしれない。

「起きてる?」ヴェラは声をかけた。

「ああ」ジャックが答えた。ややあってから、彼は言葉を続けた。「考えていたんだ」

「わたしもそうよ。今夜ナンシー・ハウエルが言ったことを考えていたの。これからどうなると思う？」

「わからないな。わたしたちも現実を受け入れたほうがよさそうだ、ヴェラ。土曜の夜、ラリーが家を出たあともライラは生きていた。その後ラリーが戻ってきたのか、それとも……ライラはほかの人物に殺されたのか」

二人はまた沈黙した。しばらくしてから、ヴェラが口を開いた。「でも、ラリーが死んだことは？　自殺以外になにが考えられるというの？」

「わたしには想像もつかないね。それを考えるのは警察の仕事だ。あのマスターズはぼんくらではないということを証明してみせた。ほかにどんなことを探り出したのか、どんな仮説を立てているのか、わかったものじゃない」

「最初は単純な事件に思えたのに」とヴェラ。「そのまま単純だったらどんなによかったことか」

ジャックは咳払いをした。「マスターズからいつわたしに呼び出しがかかってきてもおかしくないということだけは確かだな」

「彼にあなたを逮捕できるはずがないわ、ジャック！　根拠はなによ？」

「繰り返すまでもないだろう。結局のところ、わたしには動機と機会があるわけだから。マスターズが直接的な証拠でわたしの犯行だと証明できなくても、わたしも自分の身の潔白を証明できないんだ。捜査を終了するときまでには、実際とは異なっていても、マスターズは証拠に見える状況証拠を手に入れているかもしれない」

「そんなのフェアじゃないわ！　わたしがそんなことにはさせない！」

「きみにできることはないよ。きみにはなにもしてほしくないんだ。わたしは最低のろくでなしだったし、その報いは受ける覚悟だ。ごめんよ、ヴェラ」

「きっとなにもかもうまくいくわ！　今にわかるわよ」

「ああ、そうだね」

「ジャック、引っ越せないかしら？　町の別の地域へ移りたくてたまらないの」

「手遅れじゃなければね」ジャックは答えた。

14

事態はリッチモンド夫妻が思っていた以上に手遅れだった。というのも、翌日の夕方、マスターズ警部補がジャックを訪ねてリッチモンド家へ来たからだ。だが、マスターズがたまたま近所へ出向いてきていなければ——正確には、隣のコナー家へ来ていなければ——ジャックは呼び出しを受けていたはずだった。

　ところでその前、裏庭ではちょっとした動きがあった。ジャックは移植ごてを手に外へ出ており、バラの茂みの周辺の泥を取り除きはじめていたところだった。それから数分ほどして庭に出てきたデイヴィッドは、ジャックがバラの手入れをしているのを目にすると、そばへ行って作業を眺めることにした。ジャックはバラの手入れに熱中しているようではなかった。デイヴィッドに気づくとすぐに移植ごてを置いて、テラスで冷えたビールを飲もうと提案したからだ。デイヴィッドは形ばかり弱々しく辞退してみせた。ジャックがすぐにビールをとって戻ってきて、二人でテラスにあるカンバス地の椅子にゆったり腰を落ち着けたとき、ナンシーが伴侶を探しに庭に出てきた。

　すぐそばにいると思い込んでいた夫がそこにいなくて、ナンシーはいくぶん憤然とした。暑いキッチンで夕食の支度をしていた彼女は、夫が手伝わなくても、食事の用意ができるまで少なくとも自宅の裏庭にいるのが当然と考えていたようだ。ところがその夫は、リッチモンド家のテラスへ足を延ばして、特権階級の一員のようにビールをぐびぐびと飲んでいた。

　ナンシーはデイヴィッドがしていいことなら、自分がやっていけないはずはないと判断した。軽やかな足取りでさっとリッチモンド家の裏庭へ向かう。一緒に飲もうと誘われるが、そのときすでに合流していたので、言わずもがなではあった。そしてジャックがナンシーのビールを持って戻ってきたときは、そばにビールを手にしたヴェラもいた。

暗黙の了解で、四人は誰一人としてコナー夫妻のことは口にしなかった。夫妻の亡骸は州外に何人かいる親戚が引き取りを申し出ている。誰の頭の中もある事柄でいっぱいのときに別の話題を探し出すのは至難の業だった。

ジャックとヴェラはげっそりして緊張しているようにナンシーの目には映った。いつにないことで、とりわけ、いかなる出来事もたいてい難なく受け入れるヴェラには珍しいことだった。

隣の人気のない家は影に沈み、芝生も植え込みも敷石も寒々としている。家が今にも飛びかかってくるかのように、気がつくと肩越しに振り返っている自分がナンシーは腹立たしかった。

それで、ちらりと振り返ってそれを目にした瞬間、彼女は悲鳴をあげた。

「見て！」ナンシーは叫んだ。「ライラの部屋に明かりがついているわ」

「ええ」とヴェラ。「数分前からついているわ」

「どんな物好きがこんな時間にあそこに入るんだよ」デイヴィッドが言う。「それに、いったいあそこでなにをしている？」

「ちょっと待てよ」ジャックが素早く立ち上がると、家をまわり込んでいった。戻ってきた彼は不機嫌そうに報告した。「表にパトカーが止まっていたよ。あのマスターズ警部補にちがいない」

ジャックは椅子にまた腰を下ろして、缶ビールを取り上げると、深いため息とともに椅子の背にもたれた。物事の終わりが感じ取れるかのようで、実際に彼はその終わりを感じて、ほっとしていた。

「今頃あの警部補はなにをしているのかしら」ナンシーが考え込むように言った。「また鍵を探しているとか？」

「なんの鍵だい？」ジャックが尋ねた。

「コナー家の勝手口の鍵よ。彼はラリーのキーケースに入っていたと考えているの。ともかく、見当たらないのよ。話してなかったかしら、ジャック？」

「聞いてないね」

「その、マスターズ警部補は殺人者がラリーを殺したあと、家に侵入してライラを殺害するために鍵を持っていったのかもしれないと考えているの」

「ラリーは自殺したのよ」とヴェラ。「警察がどれほど突飛な仮説を立てようと、その点は疑う余地もないわ。ライラが誰か別の人物に殺されたのだとしても、ラリーの自殺はたまたま同じ時間帯に起こっただけよ」

「ぼくも同じ意見だ」デイヴィッドが賛同する。

「でもね」ナンシーが言った。「マスターズ警部補の意見はちがうわ。彼は昨日の朝、わたしがライラの寝室の明かりのことを話したときに、完全に納得のいく説明をしてくれたの——つまり、ラリーが家を出たときにはついていた明かりが、そのあとどうやって消えたかを。そう、そのときスタンリーのことも伝えたの。スタンリーは路地でわたしと別れたあと、ライラと会って言葉を交わしているのよ」

「きみはいったいなんだ、魔女かなんかか？」とデイヴィッド。「きみがスタンリーの名前を口にするたび、本人が現れる。ほら、スタンリーがメイとやってきたぞ」

「どうも今夜は」ヴェラが言う。「メイといるのは耐えられそうにないわ」

だが、そう言いながらも、ヴェラはなんとかメイを受け入れた。ウォルターズ夫妻はビールを断って、堅苦しく椅子に腰かけた。二人の夫婦関係が危うい状況にあるのは一目瞭然だ。スタンリーは針のむしろにずっと座らされている感じで、さしあたってはどんな救いも期待できそうにないのがはっきりしていた。

「メイと二人で裏の階段に座ってたんだよ」スタンリーが口を開いた。「そうしたら、コナー家に明かりがつくのが見えた。あそこでなにが行われてるんだい？」

「警察だよ」ジャックが物思わしげに答えた。「マスターズだろう。なにか探しているにちがいない」

「なにを？」

「さあなんだろうな。ナンシーは勝手口のドアの鍵だと考えているよ。ライラが殺害された夜にきみが部屋にいた証拠かもしれない。指紋を残したりしていないか、スタンリー?」

「冗談もほどほどにしてくれよ、ジャック! 勝手口のドアの前までしか行ってないのはあんたも知ってるだろう。中へは一歩たりとも入ってないんだ」

「わたしが知ってる? どうして? きみがそう言ったからか?」

「真実だよ。誓ってもいい! 警察署に呼ばれて、警部補にありのままをすべて話した」

「たしかにきみはずっとそう言いつづけている。マスターズをだますのは並大抵のことじゃないぞ」

スタンリーは一瞬、言葉を失った。

「この人がどうなろうと、自業自得よ」メイ・ウォルターズが吐き捨てるように言った。「あたしが睡眠薬を飲むのを知っていた――だから気が向くままにナイトガウン姿の女たちとおしゃべりしながら、夜の半分をうろついていたんだよ――相手がナイトガウンを着ていたらの話だけど」

「その話はもう決着がついたはずじゃないか」スタンリーはしどろもどろに言葉を返した。「それをまた蒸し返すのは――」

「あんたが望もうと望むまいと、どうせ繰り返すことになるでしょうよ」とメイ。「ライラを殺したほかにもあの女にしたことがあっただろう。ブラに隠れた場所にそのでか頭を乗せてみせるとかさ」

「そうか」スタンリーが苦々しげに言った。「マスターズにそう話せばいいさ。おれ自身の女房の意見に彼も興味津々だろうよ」

「もうよすんだ、メイ」ジャックが口を挟んだ。「わたしはスタンリーをからかっただけだよ。まあ、少しは希望的観測も入っていたかもしれないが。警部補がなにを探しているにせよ、わたしを捕まえようとしてのことだよ」

「どうしてそんなふうに思うの？」ナンシーがだしぬけに訊いた。

「思うんじゃないよ、ナンシー、わかっているんだ。ラリーがライラを殺して自殺したという推理に穴があきはじめたとき、マスターズがわたしのもとへやってくるのは時間の問題にすぎないと悟った。すでに病院でわたしのことを尋ねまわっていたからね。きっとほかでも聞き込みをしているだろう」

「させておけばいいさ」デイヴィッドが陽気に言った。「あの夜きみは病院にいたんだし、それを証明できるんだから、ジャック」

「一瞬たりとも病院を出なかったという証明はできない。それに、ほかにもあるんだ。マスターズはまだ把握していなくても、いずれ探り出すだろう。きみはスタンリーが夫でよかったと思うべきだよ、メイ。わたしと結婚していたかもしれないんだからね」

「あら、あなたはわたしと結婚していたんじゃなかったかしら、ジャック」とヴェラ。「それに、不満があったとしても、わたしが気持ちを吐き出せるのはあなたにだけだわ」

「たしかにそうだ、ありがたいと思っているよ。まあ、なるようにしかならない。マスターズがわたしに不利となる成果を挙げたところで、せいぜい状況的なもののはずだ。殺人を犯した、ではなく、犯すことができたと示すのが関の山だろう。腕のいい弁護士を雇えば、有罪になることもないさ」

「人生が滅茶苦茶になるわ」とヴェラ。「無罪になったところで、殺人に問われた医者に誰がかかりたがるというの？」

「有罪を宣告された医者よりは患者が来るだろう。ともかく、研究職や獣医の仕事だってあるしね」

そのとき、コナー家の明かりが消えた。三組の夫婦は暮色が濃くなってきた中で黙って座ったまま待ち構えた。しばらくすると、予想どおり、コナー家の勝手口のドアが開いてマスターズ警部補が現れた。かなり暗くなっていたせいで、マスターズは影の中でぼんやりとしか見えない。閉めたドアのところでなにかしているようだ。謎めいた行動の理由はすぐに判明した——ドアがまた開かれる。彼は外から鍵を開けたのだった。

「見つけたんだわ！」ナンシーが叫んだ。「行方不明の鍵を探し出したのよ！」

ドアから向きを変えたマスターズは、ナンシーたちがリッチモンド家のテラスから様子をうかがっていたことに気づいた。すぐにこちらへと歩いてくる。彼がかなり精力的に捜索していたのはまちがいなかった。広げた襟元からネクタイがだらりと垂れ下がり、顔についた泥は汗で固まっている。右手に鍵を持っていた。これみよがしに、その鍵を放り上げては受け止めはじめた。

「気持ちのいい夜ですね」マスターズは奇妙な口調で声をかけた。

「どうしてか」ナンシーが応じた。「そうは感じませんわ」

「パーティに水を差す気はなかったのですよ、ハウエル夫人。お望みでしたら、のちほどみなさんとお会いするのでもかまいません。というより、わたしが格別お会いしたいのは一人だけですが」

「いいえ、せっかくですけど。わたしとしては、後回しにして頭を悩ませるのはいやなんです。この場でさっさとすませていただけないかしら？」

「同意見ですよ」ジャック・リッチモンドが賛成した。「結論が出ているなら、たとえ有罪でもそのほうが安眠できる」

「それでしたら」とマスターズ。「とくにお会いしたいのはあなたでしたから、先生、喜んでそうさせていただきますよ」

「不吉な言いようですね。連行でもされるのでしょうか」

「なんらかの自白ですか？」

「まさか。おかけになりませんか、警部補？」

「これはどうも」

「あたしたち、なんて礼儀正しいのかしらね」メイ・ウォルターズが鼻で笑った。

「黙らないか」スタンリー・ウォルターズがぴしゃりと言う。その口調に仰天して、彼の妻は口を閉じた。

デイヴィッド・ハウエルが割って入った。「ぼくの妻は、あなたがラリーの勝手口のドアの鍵を探しているのだと考えていました、警部補。どうやら見つけたようですね」

「おっしゃるとおりです、ハウエルさん」

「どうやって発見したのか、わたしにはさっぱりですわ」とナンシー。「昨日の朝ご一緒に探し回りましたけど、見つからなかったじゃありませんか」

「見当違いの場所を探していたからですよ」

「機密情報でないなら、どこにあったんです？」

「わたしがそこではないかと推測した場所にです」マスターズはまんざらでもなさそうに答えた。「覚えていらっしゃいますか、ハウエル夫人、ちょうどコナー家から引き上げていたときに、ちょっと思いついたことがあるとわたしが言ったことを？　最後の最後で、二階のバスルームにいたときにひらめいたのです。洗面台の上の薬棚を開けたとき、棚の中に、用済みの剃刀の刃を捨てる細長い穴があいているのに気づきました。剃刀の刃の捨て場は、二度と人目に触れさせたくない鍵を処分するにはもってこいの場所ではないかと考えたわけです。それで今夜、戻ってきて、その剃刀の刃の捨て場の中を探ってみました。思ったとおりでした。古い刃に混じって鍵が入っていたのです」

「頭が切れるんですのね、警部補さん」ヴェラ・リッチモンドが言った。「鍵がそこに入っているという結論に飛びついたんですもの」

「まったくの当て推量というわけではありませんよ、リッチモンド夫人。捨て口はとても細く、少し注意深く調べると、最近、なにかを無理に押し込んだ形跡があったのです」

「さすがですね、警部補」とジャック・リッチモンド。「妻が言うように、あなたは頭が切れる」

「あいにく、今回の殺人者に同じ言葉を返すことはできませんね」マスターズは機嫌よさそうに応じた。「犯人は大きなまちがいをいくつか犯していて、鍵を隠したのもその一つです。単にそこに置いておけば、わたしも鍵になにか深い意味があるとはとくに思わなかったでしょう。鍵を処分しようとしたことで、かえって犯人は鍵に目を向けさせたわけです。おかげで、犯人がコナー家に入り込むときにその鍵を使ったことが事実として明らかになりました」

「それなのに、逃げる際にドアには鍵をかけなかったと言うのですか？」ジャック・リッチモンドが問いただした。

「そうする必要があったからです。犯人は死亡時刻の偽装が功をなすよう、ライラ・コナーの遺体はできるだけ早いうちに発見してほしかった。誰かが不安を覚えるようになって、コナー家に様子を見に行かずにいられなくなることを当てにし、その際の障害にならないようドアの鍵をかけなかったのです。ちなみに、ハウエル夫人が様子を見に行くと言い張らなければ、おそらく犯人がそうしていたでしょう」

「その物言いは、この近隣住民の中に犯人がいると言っているのと同じじゃありませんか、警部補」

「範囲はもっと狭いですよ、先生。犯人はこのテラスにいます」

寒々とした沈黙が流れた。ようやくジャック・リッチモンドが口を開いた。「なるほど、では、どうするんですか?」

「わたしは急いではいませんよ、先生」マスターズが余裕たっぷりに言い、ナンシーは反感を覚えた。「みなさん、二件の殺人がどうやって行われたか知りたくありませんか?」

「どう行われたとあなたが推理なさっているのか聞きたいですわ」ナンシーが言下に切り返した。「推理と事実が同じとはかぎりませんもの」

「わたしの話が終わったあと、喜んで反対意見を拝聴しますよ、ハウエル夫人」マスターズは小さくうなずいて言った。「それでは、始めるにあたって、仮に——単に話を理解しやすくするため――あなたを犯人としてみましょうか、リッチモンド先生」

「わたしを？」とジャック。「いいでしょう、どうぞ」

「犯罪が行われたと証明されている夜、あなたは自宅から出ていくラリー・コナーを目にしました。きっとラリーが外でハウエル夫人としゃべっているのを聞いたのでしょう。というのも、その後の展開からいって、あなたは彼の行き先を正確に把握していたからです――たしか、当夜あなたの家の窓が開いていたと言ったのはあなた自身ではなかったでしょうか。おそらく、まだ殺害や偽装工作を実行に移すと心を決めてはいなかったのでしょう。呼び出しを受けて病院に到着したあと、長いあいだ待機することになるとわかったときに決意が固まったにちがいありません。待ち時間ができたことであなたは機会を手に入れ、頭を働かせることで実行に至った」

「それでは血も涙もない人間のように聞こえますね」とジャック。

マスターズは小さな笑みを浮かべた。「空いている個室で〝休憩する〟ように仕向けるのは造作もないことだったでしょう。その病室の位置なら、そっと抜け出して階段を下り、あとで誰にも姿を見られずに戻ってくるのも簡単でした。もちろん、リスクはつきものです。ですが、患者があなたを必要とするまでに――自分で診察して、患者の状態からお産までどのくらいの時間がかかりそうかだいたいの見当はついていた――部屋に戻っていられれば、あなたのアリバイは成立する。一時間以上はかかると見積もっていたにちがいありません。そこで、あなたは病院からこっそり抜け出して、ラリー・コナーの事務所へ車を走らせました。

ラリーは心がささくれ立っているところで、あなたは医者であり〝友人〟でもある。鎮静剤を飲むよう勧めて、ご自身で薬を用意しました。だがそれは、鎮静剤ではなかった。出所が自分であることをごまかすために、医者なら与えるはずもないミッキー・フィンを、それも致死量飲ませたのです。そのあと、室内の状況を自殺に見えるようにして、さらに三つの細工をし、病室にいないことがばれる前に急いで病院へ戻りました。

三つの細工は、計画の肝心要のことをやり遂げるためにどうしても必要でした。あなたの本当の狙いはラリー・コナーではなく、その妻ライラ・コナーだったからです。そのため、ラリーはライラの死後に死んだと見せかけなければなりませんでした——その時点ではライラはまだ生きていたにもかかわらずです。この偽装工作の一つ目は、遺体の腐敗を遅らせるために、ラリーの事務所のエアコンを最強にすることでした。もちろんこの手口では、日曜の朝早く、ラリーの遺体が発見される前にエアコンを切りに行くしかありません。ですが、切っておけば、エアコンは一度も使われなかったと推測されるわけです。さもなければ、死亡推定時刻にエアコンの利用が考慮されて、せっかくの工作が水の泡です。二つ目は、ライラ殺しに用いる凶器にラリーの指紋を残すことでした。これは簡単でした。ラリーのデスクから金属製のペーパーナイフをとって、その柄に彼の右手の指紋を押しつけ、指紋が消えないようペーパーナイフを注意深く包んで、往診鞄に入れて持ち歩けばいいのです。三つ目は、ラリーのキーケースから勝手口のドアの鍵をとることでした。病院で患者の処置が終わって自宅へ帰ったあと、コナー家へ確実に入るために――そしてライラ・コナーに近づくためにです」

「すばらしい再現物語だ」ジャック・リッチモンドが感想を述べた。「探偵小説で勉強なさったのですか？　ありがたいことに、現実の世界では証拠が必要なんですよ」

「わたしにその点を心配させたいわけですか、先生？」マスターズはにこやかに応じた。「証拠はありますよ、すべてが仮説というわけではないのです。ラリー・コナーの事務所のエアコンが入っていて、あとになって切られたことは立証できます。夜間警備員が二度目の巡回のときにエアコンが作動していたのを聞いていますし、証言もしてくれるでしょう。ラリーの遺体を発見したときにエアコンが切られていたのは、わたし自身が証人です。一緒にいたビルの持ち主が裏付けてくれます。つまり殺人者は、わたしの仮説どおり、事務所に戻ってくるしかなかったわけです。

凶器については、ラリーは完全な左利きでした。この一点だけとっても、彼が妻殺しの犯人であるはずがありません。利き手のことを失念してペーパーナイフに彼の右手の指紋をつけたのは重大なミスでした――当夜の精神状態や、焦っていたことなどを考慮に入れてもです。しかも、ペーパーナイフはラリーの事務所のデスクにあったものです――彼の秘書がそうだと明確に答えてくれるでしょう。ペーパーナイフを事務所から持ち出してコナー家へ持っていったのは、どう考えてもラリー以外の人物です。そして、そのペーパーナイフがライラ・コナーの胸に突き刺さっていたということは、殺人者が凶器として用いるために事務所から持ち出したのは火を見るよりも明らかです」

ジャック・リッチモンドはなにか考える顔で、空の缶ビールをしげしげと眺めていた。やがて顔を上げた。「実際、あなたは証拠を挙げて自分の仮説の正しさを見事に説明しましたよ、警部補。だからといって、わたしを犯人に仕立てる必要はないでしょう。どちらの死についても、わたしに直結する証拠は一つとして明示しませんでした。すべて状況証拠です」

「少なからぬ数の者が、ロープの先に吊るされるか、これまた不快な場所に入れられるかするのですよ」マスターズがにこりともせずに言った。「状況証拠の結果として。それに、ささやかな動機の問題もありますしね」

ジャック・リッチモンドが動揺し、マスターズは黙り込んだ。あまりに長く沈黙していたせいで、その場にいた者たちはみな、マスターズが夕闇の中でふと興味を起こしたなにか遠くぼんやりした考えに気をとられてしまったような印象を受けた。

「動機に話を進めてほしいですか、リッチモンド先生?」ようやくマスターズが口を開いた。

「仕事熱心なことですね、警部補」ジャックがつぶやくように言う。そのあと、ざらついた笑い声をあげた。「ええ、認めますよ、わたしは愚かにもライラと関係してしまいました。でも、きれいさっぱり別れましたよ。彼女が亡くなるだいぶ前のことです。具体的な話をする気は毛頭ありません。いずれにせよ、あなたはだいたいのことをご存じのようです」

「少々うまく立ち回ったのですよ」マスターズはうなずいた。「いいですか、先生、この件を奥さんの前で話したくないなら――」

「妻がこの場にいることはお気遣いなく。かなり以前から妻はわたしとライラとのことをすべて承知しています。幸い、ヴェラが知っているのは、彼女が疑いを持ったからではなく、わたしが打ち明けたからです。それなのに、どうしてわたしがライラを殺さなければならないんですか？　動機などなんの意味もありませんよ」

マスターズは目をしばたたいた。ヴェラ・リッチモンドに顔を向ける。「本当ですか、リッチモンド夫人？　あなたの夫が嘘をついているのなら、どうか話を合わすことはしないでください。彼にとっても、あなたにとっても得策ではありませんし、公式に繰り返せば、あなたは窮状に陥ることになります」

「ジャックは自分から話してくれました」ヴェラは落ち着き払って答えた。「そしてわたしは、彼と離婚はしないと決めたのです。理由は二つあります、警部補さん。一つは、彼を愛しているから。もう一つは、彼がときおり目移りすることはあっても、わたしを愛しているとわかっているからです。彼にとって火遊び相手以外のなにものでもない尻軽女のせいで結婚生活を破綻させるのはばかげているように思いました」

「そういう事情が、あなたを何事にも動じないような女性にしたわけですね、リッチモンド夫人。夫がベッドをともにしていたと告白した相手の隣で生活するのはかなり苦痛ではありませんでしたか？」

ヴェラの顔が紅潮した。だが、声に震えは聞き取れなかった。「ええ、警部補さん、苦痛でしたわ。なにしろ、体面を保つためには、コナー夫妻と近所付き合いを続けなければなりませんでしたから。でも、ほかにどうできたでしょう？　逃げ出す？　ジャックに引っ越すしかないと訴える？　引っ越せば、ライラを悦に入らせるだけです。彼女にそんな価値はないのに。そして結局のところ、どう見ても、わたしが勝者であり、彼女が敗者でしたわ」

「ずいぶんさっぱりとした態度ですね」マスターズがすかさず言葉を返した。「ですが、いささか物わかりがよすぎるように感じます。わたしはまだ、ライラ・コナーとの不倫がご主人に殺害の動機を与えたと考えていますよ」

「でも、どうしてですの？」ヴェラは今度は食ってかかるように訊いた。「ジャックは彼女とは手を切ったんですよ――そのことはわたしも承知しています――」

「ライラ・コナーと関係を断つことができた男などいたでしょうか」マスターズがことさら厳しい口調で答えた。「彼女が終わりにしてもいいと心を決めないうちに？」

警部補の口調やその言葉が、忌まわしい呪文のごとく、ライラを死からよみがえらせたかのようだった。暗がりの中で、ジャック・リッチモンドがため息をついた。

「どうやら」とジャック。「あなたはライラのことを徹底的に調べ上げたようですね」

「おっしゃるとおりです、先生。ここで開かれたパーティの夜、ラリー・コナーは妻について辛辣で度肝を抜くような発言を口にしました。まさか、わたしがそれを無視するとは思っておられないでしょうね？　調べたところ、どれもみな真実でした。ライラはラリー・コナーと結婚する前に、間断なく三度も結婚していますし、どの夫もさんざんな目に遭わせています。コナーとの結婚生活でもそうでした。ライラは男に対する憎悪に突き動かされていたような印象を受けます。男を夢中にさせておいては、容赦なく捨てるのを楽しんでいたふしがありますから。ただし、自分が捨てられるのは我慢ならなかった。あなたがつれない態度をとったとき、具体的に彼女はどんな脅しをかけてきたのですか、先生？　スキャンダルにする？　経歴に傷をつける？　彼女の要求はなんだったのでしょう。金銭ですか？　奥さんと離婚して自分と再婚することですか？」

「ライラを満足させられるほど我が家は裕福ではありませんし、彼女と結婚するくらいなら、タコと結婚するほうがましというものですよ」

「では、彼女に脅されていたことを認めるわけですね！」

「とんでもない。わたしには自分の評判も仕事の経歴も大事ですから、ライラに直接的にせよ言外にせよ、脅されたところで、殺したりはしませんよ」

「殺意はなかった？　殺ってもいない？」

「殺意もありませんでしたし、実行もしていません。起訴に持ち込めないのは、あなたもおわかりのはずです、警部補。どれもわたしが実際にしたことではなく、できたかもしれないということに基づいているのですから。例の病院での一時間あまりの空白時間についても、わたしはずっと個室でうとうとしていたと、あらためて申し上げます。どうぞ反証を挙げてみてください」

「立証できるならそうするつもりですし、わたしはできると考えていますよ」

「つまり、わたしは逮捕されるということですか？」

「逮捕？」マスターズはその問いかけを思案しているようだった。「いいえ。まだです、リッチモンド先生」

「思ったとおりですね」ジャックは笑うと、すっと立ち上がった。「失礼させていただきますよ。おかげでちょっと疲れてしまいましたのでね」

あとはなにも言わずに、ジャック・リッチモンドはくるりと背を向け、家に入っていった。

ヴェラが心配そうな表情で、慌ててあとを追う。マスターズはつかの間そのまま座っていたが、やがて腿をぴしゃりと叩いて口を開いた。「すみません。誠に遺憾に思います」その言葉は、リッチモンド夫妻に向けられたものか、自分の立場に対するものか判然としなかった。彼はさっと席を立つと歩み去った。急に三人が退席したことで、ウォルターズ夫妻とハウエル夫妻はかなり気まずい雰囲気の中、リッチモンド家のテラスに取り残された。

「わかってたわ」メイが言った。「最初っから、ライラはあばずれだとわかってた」

「よさないか、メイ」スタンリーがたしなめる。

「ろくでもない死に方をして当然だったのさ」

「その口を閉じろ、メイ」とスタンリー。

「そうよ、メイ」ナンシーも言う。「お願いだから、やめて！」

「帰りましょ、スタンリー」とメイ。「どう考えても、家に戻ったほうがいいわ」

スタンリーは慌てることなく立ち上がり、メイと庭を横切って路地へ向かう。途中でメイが彼の腕をとった。

「スタンリーは元の鞘に戻れたのね」ナンシーがつぶやくように言う。「ジャックに比べれば、彼は無邪気と言っていいほどだもの」

「メイでは無理だよ。彼女の話は避けたいな」

「でも、ヴェラは乗り切ったわ。すごい人よね。わたしなら、あなたの浮気を知ったらどうするかしら」

「きみがスタンリーと路地にいたと知ったときのぼくと同じことをするよ」とデイヴィッド。

「受け入れるのさ」

「冗談を言っただけじゃないの、デイヴィッド・ハウエル。あなただってわかっているくせに！」

「それなら、もうこれっきりにしよう。最悪の気分なんだ、ナンシー。ただもう家に帰って、気分直しに一杯やりたい」

そこでハウエル夫妻は家に戻って、気分直しのビールを飲むほかにもあれこれやってみたが、その夕刻の会話に出てきた死や離婚、不倫による漠然とした嫌悪感は振り払えず、結局二人は抱き合った。

15

マスターズは気分がいいとは言えなかった。三晩続けてろくに眠れず、気が短くなって、些細なことでもすぐに向かっ腹を立てていた。さらに、理性を失っているというわけではないが、一人でいるときは声が聞こえた——正確に言うと、ある人物の声が。うんざりするほど繰り返しジャック・リッチモンド医師の声が聞こえるのだ。今も、自分の席であれこれ思いを巡らせながら、彼の声を聞いていた。

〝わたしはずっと個室でうとうとしていた〟ジャック・リッチモンドの声が言っている。〝どうぞ反証を挙げてみてください〟。

頭の中でその言葉が聞こえるたびに、犯罪者の大言壮語の響きが強まってくるような気がした。そう、無実の男の絶望的な声の響きではない。なにかを切り抜けようとする男の空疎な言葉に思える。マスターズはまさに挑戦されていると感じた。

いまいましいことに――なんとも腹立たしいかぎりだが――医師はある面では文句なく正しかった。彼はラリー・コナーが殺される前に空き病室へ入っており、一時間あまりのちに同じ病室にいるのが確認されている。その間ずっとそこにいたわけではないと証明する方法はないのだ。この三日というもの、マスターズは問題の時間帯にリッチモンド医師を見かけた者を探し出そうと空しく試みた。コナーの事務所へ行く姿を見られてもいなければ、立ち去るところも、日曜日の朝にエアコンの操作に戻るところも、事務所を出ていく姿も目撃されていない。運に見放されていた。日曜日の朝まだ早い時間帯、町の通りは閑散としているのだ。事実、人の通りがなかったようだ。

マスターズが相変わらずむっつりと考え込んでデスクの前に座っていると、署長がひょっこり現れて、椅子に腰を下ろした。

「進展はあったか、ガス？」

「いいえ」マスターズは答えた。「ありませんよ、なにも。事件に関してという意味では」

「捜査をやめる気になったのか？　どのつまり、ラリー・コナーによる殺人と自殺と考えているのか？」

署長の声には心の奥の願望が現れており、それに気づいたマスターズは苛立ちがいや増した。

「とんでもない。コナーによる殺人と自殺ではありませんし、捜査をやめる気もありません。いいですか、殺人事件の捜査をただやめるなどということはできないのですよ」

「そう怒るな、ガス」署長は、支障なく家に帰れてくつろげる者が示せる同情とともに言った。

「なにか考えはあるのか？」

「まあ、自分の首を絞めるものなら。事件の全容も、誰の犯行かも判明しているのです。それなのに、まったく手も足も出ないとは！」

「誰の犯行かも判明している？」署長は仰天して、聞き返した。「そいつはいったい誰だ？」

「ジャック・リッチモンド医師ですよ。賭けてもかまいません」マスターズは付け加えた。「ただし、賭に乗る相手はいそうにありませんが」

「彼が犯人だとわかっているなら——」

「わかっているのと、立証できるのとは、まったく別問題です。証拠がないんですよ」

「念には念を入れたほうがいい」署長が動揺したように言う。「誤認逮捕は許されないぞ」

　マスターズはうなった。

「一つ提案がある、ガス。聞いているか？」

「聞いていますよ」

「おまえが把握していることを郡の検事に報告するんだ。公判に持ち込みたいと思うものかどうか検事に判断を仰ごう」

「郡の検事といっても」マスターズは疲れたように答えた。「法科大学院《ロースクール》を出てまだほんの数年で、第一級殺人を扱った経験もないじゃありませんか。あの青二才が、こてんぱんにやられるような事案に挑戦するとお思いですか？　手を出そうともしませんよ」

「くそっ、ガス、捜査を続けるか終わりにするかはっきり決めろ。おまえの残りの人生をこの件にすべて費やすわけにはいかないんだぞ！」

「頼みますよ、署長、このままリッチモンドにプレッシャーをかけさせてください。やつが屈するかなにかするかもしれません。わたしがやつにしっぽを出させる方法を考えつけさえすればいいのですが！」

「おまえが自分で責任をとるならな」署長はもったいぶって言った。あちこちきしませながら、大儀そうに椅子から立ち上がる。「なにか愚かなことでもしでかせば、おまえは立場を失いかねないんだぞ、マスターズ」

署長は歩み去り、マスターズは、署長の呼びかけが〝ガス〟から〝マスターズ〟へと不吉に変化したことをじっくり考えるというありがたくない状況の中に取り残された。そこに込められた警告にあいまいな点はまったくなかった。とはいえ、署長は十六年間というもの、遠回しな物の言い方をして、この警察署を切り回してきたわけではない。〝がんがん行け！〟が署長の座右の銘だ。

なるほど、今やおれの首もこの捜査にかかっているというわけか、とマスターズは心の中でつぶやいた。

だが、オーガスタス・マスターズは妥協はしない男だった。彼の見たところ、選択の余地はなかった。捜査に戻るのだ。

彼はあらゆる偏見や先入観を捨て、できるかぎりまっさらな観点に立って事件を見直すことにした。ジャック・リッチモンド医師のことも、エアコンに関するいっさいの推論も頭から追い出す。事実以外のすべてを排除し、これまで表立っていなかった瑕疵や思いがけない方向へ漏れていた細流も再検討するのだ。

論理を組み立てていくスタート地点はラリー・コナーの事務所だと、マスターズは考えた。現場は保存してある――捜査中だとして、そのままの状態にしているのだ。マスターズは決然と帽子を手にとると商業地区へ歩いて向かい、その裏側に走っている細い通りへと歩を進めた。

ラリー・コナーの事務所の裏口から入って、暑い保管室でしばしたたずむ。空気はよどんで重苦しく、マスターズは思わず襟元を開けてネクタイを緩めた。そばの窓にはめ込まれたエアコンは静かで、気づくと彼は静寂に耳を澄ませていた。漠然とした得体の知れない不安に襲われていた。もちろん、こんなことはどうかしている。笑い飛ばそうとした彼だったが、少しかがんで、全神経を耳に集中させた。物音がしていた。奇妙な物音は荒い息遣いよりも大きく聞こえるかどうかという程度だ。一瞬の間のあと、誰かが事務所のどこかで泣いているのだと悟った。

マスターズはその巨体で驚くほど機敏に動いた。保管室を通り抜けて、あっという間に中央の事務室へ入る。ところが、誰もいなかった。それなら、この部屋の外か……。彼が待合室に通じるドアに手を伸ばしかけたとき、くぐもった泣き声が、精根尽き果てたかのようにやんだ。マスターズは勢いよくドアを開けた。カーテンが閉められ、埃っぽい待合室で、もう使うことのないデスクを前にルース・ベントンが座り、デスクに両腕を乗せて突っ伏していた。彼女はマスターズが入ってきた物音で顔を上げた。その顔はむくんで赤らみ、化粧が流れてぐちゃぐちゃになっている。驚いた様子は少しもなかった――どういうわけか、彼が来ることを予感していたかのようだ。肝を潰しそうになったのはマスターズのほうだった。彼女が事務所の鍵を持っていることをすっかり忘れていた。

「ベントンさん」マスターズはやわらかな口調で声をかけた。「ここでなにをしているのですか？」

ラリー・コナーの秘書は自分の顔がなにを語っているかわかっていないか、気に留めていなかった。「私物をとりに来たんです」彼女は悲しげに答えた。「取り乱すとは思いもしなくて。でも、ここへ来て、埃が積もって……荒れた様子を目にしたとたん、実感が……」ルース・ベントンは肩をすぼめた。「現実に押しつぶされて、あたりかまわず泣いてしまいました。ただの女みたいに。そうじゃありませんこと、警部補さん？」

「わたしもあたりかまわず泣ければと思うことがありますよ」とマスターズ。「恥じることではありません」

「ですけど、もう大丈夫ですわ。わたし、不法侵入したことになるのかしら。規則かなにかを破って申し訳ありません。二度とこんなまねはしませんわ」

「鍵を置いていってくれればかまいません、ベントンさん」

「鍵はもうこの引き出しに入れてあります。事務所から持ち出そうとしているものを確認なさいますか？　どれもわたし個人の持ち物です」

「必要ありませんよ」マスターズは言いながらも、彼女がデスクに広げていたコンパクトやヘアピン、ティッシュ、ボールペンなどの小物にざっと目を通した。彼女はそれらをハンドバッグに入れはじめた。「コナー氏のことをずいぶん思っておられたようですね」

「残念ですけど、ラリーがわたしのことを思っていた以上にですわ」

「どうしてそれがわかるのですか、ベントンさん？」

「自ら命を絶ってしまったじゃありませんか。ちがいます？」

「彼が妻を殺害したという考えを受け入れがたいわけですか？」

「その件については話したくありません」

「どうかお願いします」マスターズが言うと、ルース・ベントンはかすかにいぶかしげな表情で彼を見つめた。「コナー氏がやっていないとしたら？」

「やっていないとは、なにをですか？」

「妻殺しをです」

「ああ」ルース・ベントンは肩を落とした。「ペーパーナイフのことがあるからですか？　きっとラリーは前日にでも自宅へ持ち帰ったんです」

「いつ頃からデスクの上に置かれていたのでしょう」

「何年も前からです。わたしがここで働くようになったときには、もうありました」

「それなのに、突然、自宅へ持ち帰った？　ともあれ、コナー氏が死んだ夜に、誰かが彼とこの事務室にいたのはまちがいないのです」

「どうしてそんな話をなさるんですか？　その誰かがわたしだとでも？」

「そうなのですか？」

「ちがいます」とルース・ベントン。「そうだったらよかったのに。それなら、ラリーはまだ生きていたかもしれませんもの」

「ここにいた人物に心当たりはありませんか？」

「見当もつきません」

マスターズはあたりを見回した。「ここへ来てから、奥の事務室には入りましたか？」

「いいえ。さすがに奥へ入るのには耐えられそうもありませんでしたから」

マスターズはルース・ベントンを送り出して、表通りのドアを施錠し直した。待合室の電気を消してラリーの事務室へと引き返す。

しばらくソファを調べたあと、重い足取りで洗面所に入っていき、あらためて薬棚を確認した。収穫はない。彼は事務室へ戻った。

ラリーのデスクを前に座って、頭をフル回転させた。

これといったものは何一つとして浮かんでこなかった。考えに考えを重ね、単に身近でとくに気を引かれもしなかったものへと思考の範囲を広げていった。息苦しいほどの熱気に毒づきはじめる。

突如として、自分がラリー・コナーのデスクに置かれた電話機を見つめていることを意識した。電話機……電話だ！

マスターズは電話のことは完全に見過ごしていた。

電話について考えを巡らせはじめた。あれやこれやの記憶をたどっていく。一通り振り返ったあとで、考えを整理していった。

事件当夜、ラリー・コナーは妻と喧嘩したあと、午前零時頃――ナンシー・ハウエルは正確な時間は覚えていなかった――自宅を出た。何時だったかは問題ではない。それより重要なのは、ラリーが自分の会計事務所に到着した時間だ。

自宅からまっすぐ事務所へ車を走らせたのだとすれば、十分後には着いていたにちがいない。だが、寄り道したのだとすれば？　ラリーのような問題を抱え、彼のような気分に陥っていた男なら、酒場に直行していてもおかしくない。マスターズは酒場に立ち寄ったという仮説はこれまで捨てていた。条例で定められた営業時間を過ぎても店を開けていたどのもぐりの酒場でも、ラリーを見かけたと証言した店主はいなかったからだ。無理もない。

そんな店主の供述を真に受けるほうがどうかしていたのだ。誰であろうと、今や死んで、小さな町の噂の的になっている男など見ていないと答えるに決まっている！　かかわり合いになって、微妙なバランスの上で非合法に酒場を営業している者が、そのバランスを崩すような証言をするはずもないのだ。

では仮に、ラリー・コナーが酒を引っかけにもぐりの酒場へ立ち寄ったとしよう。中には、とくにポン引きや娼婦がたむろする、ずいぶんいかがわしい店もある。そんな店で飲んだくれれば、厄介事を招き寄せることにもなる。ミッキー・フィンに用いられる催眠薬はよく知られている。金さえ出せば——その酒場からではなくても、店にいるよからぬ人物から、いくらか手に入れられる。もしそいつが自棄になっていれば……

思いがけなく、結局はラリー・コナーは自殺だったかもしれないという考えに行き着いた（ライラ殺しのことは忘れろ、とマスターズは自分に厳しく言い聞かせた。今は脇へ置いておくのだ。エアコンのことも。この事務室にいたラリーのことだけを考えろ）。

それなら、ラリー・コナーはこのまま生きるよりも死んだほうがましだと思うところまでいってしまい、自ら命を絶つことにして、そのために抱水クロラールを手に入れたとしよう。その薬物を握り締めてこの暑苦しい部屋に戻った彼は、致死量の抱水クロラールを入れたミッキー・フィンをこしらえて飲み干し、ソファへ横になって意識が遠のき死が訪れるのを待った。

ではここで、ラリーとライラの関係、そしてライラが殺害された件を考えてみよう。ラリーは妻を殺していない。この点は、凶器に利き手ではないほうの手の指紋が残っていたことから明らかだ。何者かがラリーの指紋をつけて、犯行に及んだ——ラリーがすでに死亡していなければ、指紋はつけられなかっただろう。つまり、ライラ殺害の犯人は、死んでいたか、死にかけているラリーとこの事務室にいたわけだ——そいつは、ラリーが多量の抱水クロラールを飲んだあとにここへ来た。ラリーのペーパーナイフを手に入れるためには、彼の指紋を凶器につけてラリーがやろうと夢にも思わなかった殺人の汚名を彼に着せるためには、この場にいなければならない。

ラリーは死人に口なしというわけだ。

だが、ライラ殺害の犯人がラリーの死に関与していないとすれば——少なくとも、そう計画していなかったという意味で——いったいどうして、ラリーが事務所で死にかけている、もしくは死んでいるとわかったのだろう。それに、ラリーが死にかけていたにせよ、死んでいたにせよ、そいつはどうやって事務所に入ってこられたのか。たしかに、表通りのドアの鍵は、ラリー・コナーが持っているもののほかにもう一本あった……待合室のデスクの引き出しにさっき入れられたばかりの鍵が……

ルース・ベントン。

マスターズはルース・ベントンのことをじっくりと考えてみた。

ラリーの秘書は雇い主と恋仲にあった。あの夜、事務所で、ろくでもない妻に追い込まれて自殺したとしか見えないラリーの遺体を発見したとすれば、彼女はどうしただろう。悲しみと怒りで、ライラ・コナーに仕返しに行ったか？　気が高ぶった状態で、ライラ殺しの犯人が行った巧妙な偽装工作は可能だろうか。その件はひとまず置いておくとして……土曜日の深夜に〝たまたま〟事務所に行ったのは偶然としては出来すぎだ。もっとも、偶然でないとも言い切れないが、どうもそれはありえそうにない。今回の一筋縄ではいかない事件には、数々の細工が見て取れるからだ。そうとも、自殺の発見が偶発的なものとは考えられない。だが、もし……事務所へ来たのが意図的なものだったとすれば。もし……ラリー・コナーが呼んだのだとすれば。

電話で。

電話こそ、すべての謎の鍵だったのではないのか！

ある男が、故意に致死量の薬物を飲み、横になって死を待つ。本気で死を望んでいる自殺志願者でも、容赦のない現実が迫ってくる中で突如として気が変わる者のなんと多いことか。毎日起きている出来事だ――警察のファイルや病院の記録にはそうしたケースがごまんとある。

薬物を飲んだあと、初期症状を感じながら、ラリー・コナーは実は死にたくないと絶対の確信を抱くようになったとしたら？

電話で助けを呼んだとしたら？

マスターズは歓喜のあまり、座ったままラリー・コナーのデスクに覆い被さるように身体を伸ばした。予感はあった。長いシーズンオフのあとの水泳のようだった――肺が空気を求めて悲鳴をあげ、腕は鉛のように重く、だがなんの前触れもなく、力強さがよみがえって、呼吸が楽になり、腕が軽くなって、魚のようにすいすいと岸へ近づいていく。そんな感覚があった。

薬物を摂取し、ラリー・コナーはソファに横たわって死を待っていた。待っているうちに、死が忌まわしいものへと変化した。彼は恐怖を覚えはじめた。なにをおいても、生きたいと願う。そして生きるためには、薬物の効果がすでに出ているからには、なにがなんでも迅速な助けが必要だった。

ラリーはすでに朦朧として、思考があちこちへ飛び、頭があまり働かなくなっていた。目の前に電話機がある……受話器をとることはできるだろうか？　彼は力を振り絞ってソファから身体を起こし、なんとかデスクまでたどり着いて、受話器を上げる。電話をかける相手は……誰にする？　知り合いか？　試そうとはしたかもしれない。だが、電話番号が思い出せないか、人差し指が親指並にむくんで、電話機のダイヤルをうまくまわせなかったのではないだろうか。だったら、彼はどうしただろう。

電話局の電話交換手だ。ダイヤルを一度まわすくらいのことはできたはずだ。

電話交換手が応答する。ラリーは電話をつないでくれるよう頼む……誰に？　ルース・ベントン？　死にかけていて助けが必要なときに、ルース・ベントンを呼び寄せるだろうか。

ちがう。自分で薬物を過剰摂取して死に瀕している人間は、自分を助けられる唯一の相手にすがるものだ。

そう、医者に。

かかりつけ医に？

マスターズは椅子の背にもたれた。その問いかけに答える必要はなかった。電話局の電話交換手が答えてくれるはずだからだ。電話をどこへつないだか覚えているだろう。電話交換手は覚えていた。マスターズの予想どおりだった。もはや自分をそこへ導いた一連の考えも、自分の確信も揺らぐことはなかった。

これが真相だ。そう、これこそが現実に起きたことだった。

16

マスターズはボタンを押して、チャイムの美しい音色に耳を傾けた。抜けるような青空に太陽がまばゆく輝いている。チャイムの音が消えてしばらくしてから、彼はまた人差し指でボタンを押し、また耳を傾けて、太陽を仰ぎ見た。依然として、誰も出てこない。勝手口にまわってみたほうがよさそうだった。

勝手口のドアをノックしたが、やはり応答はなかった。

右手のコナー家の裏庭を挟んだ向こうにあるハウエル家の裏庭に目を向ける。ナンシー・ハウエルが家にいる可能性は大いにあったので、マスターズはもう一度だけナンシーを訪ねようと思い立った。

戸口に現れたナンシーを目にしたとたん、自分が歓迎されていないのがわかった。落胆と孤独を感じたものの、そうした感情を心から締め出した。なんの役にも立たない後悔をするのにも、ずっと前に失ったものを取り戻そうとするのにも、彼は年をとりすぎ、疲れ切っていた。

「おはようございます」マスターズは言った。「またお邪魔せざるをえなくなって申し訳ありません」

「本当にそうですわね」ナンシーが答えた。「よくもまたわたしを悩ませに来られましたこと。あなたにできるかぎりの協力をした結果が、わたしが好意を寄せ、大事に思っている人たちに心痛をもたらしただけだなんて」

「心痛をもたらしたのはわたしです、ハウエル夫人。あなたではありません。わたしの仕事についてまわるものなのです」

「因果なお仕事ですわね、そうとしか言いようがありませんわ！」

「実に因果な仕事です。ですが、誰かがやらなくてはなりません。たとえば、先日の夜のリッチモンド家でのことも。わたしが楽しんでいたとお思いですか？」

「横暴このうえなかったですわ、マスターズ警部補」

「横暴ですか！」一方的な非難の言葉に、マスターズの声はかすかにうわずった。「まあ、いいでしょう。そうだったかもしれません。あなたがそうお感じになってもしようがありません。ですが、この話はここまでにしましょう。リッチモンド夫妻がどちらへ行かれたか、ひょっとしてご存じではありませんか？　玄関も勝手口も試しましたが、応答がないのです」

「ジャックはお医者様ですから」ナンシーは冷ややかに言った。「患者を診に行っているのだとしても不思議じゃありませんわ」

「リッチモンド夫人のほうは？」

「ヴェラが家にいないなら、わたしには彼女がどこにいるのかわかりません。町か市場じゃないでしょうか」

「では、リッチモンド先生を探すことにします」

「健闘をお祈りできるといいのですけど、無理ですわ」

「祈れるといいと思ってくださったことに礼を申し上げます」マスターズは悲しげに言った。

マスターズは帽子を手に持ったままだった。その帽子を禿げ上がった頭にきちんとかぶると、ハウエル家の表にまわり、通りの反対側に止めてある自分の車へと向かった。ハウエル家の勝手口のドアが聞こえよがしにばたんと閉まる音がした。彼女は家の中へ入るか尋ねさえしなかったな、とマスターズは思った。車に乗り込んだ彼は、町へと向かった。

ジャック・リッチモンドの診療所は、真新しいメディカル・アーツ・ビルディングの中にあった。ガラスと緑色の煉瓦でできた幾何学的なその平屋の手前に広がる芝生はあまりにも青々としていて、人工芝にも見えた。マスターズは足を引きずるようにしてロビーを抜け、明かりが煌々とついている薬局の前を通り、無菌かと思える長い廊下を歩いて、〝ジョン・R・リッチモンド医学博士〟とステンレスの文字で麗々しく表示された木製のドアの前で足を止めた。マスターズは中へ入った。

待合室に患者の姿は一人もなかった。

「リッチモンド先生はいらっしゃいません」顎の尖った受付係がガラス張りのブースから声をかけてきた。「ご予約なさっている方ですか?」

「診察を受けに来たわけではありません」マスターズは答えた。警察バッジを見せると、受付係の目がいぶかしそうになった。「先生はどちらですか?」

「いつもでしたら、この時間は病院からお戻りになっています」受付係が答えた。「ですが、先生から連絡がありまして、緊急事態で、戻り時間はわからないとのことでした」

「緊急事態というのは、病院で？」

「わたくしにはわかりかねます」

「いいですか」マスターズは忍耐強く言った。「どんな医者のアシスタントでも、上司の居所は常に把握しているものだ。彼は病院にいるのですか？」

「そうだと思います」受付係は怯えていた。「ええ、病院です」

マスターズは病院へ車を走らせた。リッチモンド医師は手術中だった。虫垂切除の緊急手術だ。マスターズは待つしかなかった。

小声で悪態をついた。所在なげにうろうろする。掲示板に書かれた病院の規則を読んだあと、大きな活字の本をじっくりと眺めた。粗末なキッチンテーブルに横たえられた青ざめた裸の男の上に、フロックコート姿の男たちがかがみ込んでいる絵には、〝手術〟と説明がついている。彼は雑誌も何冊かぱらぱらとめくってみた。

突然、もう待つのに耐えられなくなった。マスターズはエレベーターへと急いだ。扉が開いているのが一台あった。さっと乗り込んで、五階のボタンを押す。エレベーターのドアがまどろっこしいほどゆっくりと閉まった。最上階に到着するまでの時間が永遠のようにも思えた。

マスターズ警部補は手術室の大きな両開きのドアの外で待つ態勢をとった。

壁を背に立つ。

あとがないということを象徴していた。

17

最初がライラで、今度はヴェラ。ナンシーは心の中でつぶやいた。

この先もずっとシェイディ・エーカーズの郊外から行方不明者が出るのかしら。こんなに薄気味の悪い感じったらないわ。

もちろん、ヴェラが〝行方不明〟になったと考えるのはどうかしている。ちょっと出かけただけなのよ。今頃は町のローガンの店かスーパーマーケットで買い物をしているんじゃないかしら。それか、美容院に行っているのかも。ちゃんとした理由が十二分にあって、彼女が行きそうな場所なんて数え切れないくらいある。だって、ヴェラのことで不安を感じる点などないもの。あのいまいましいマスターズ警部補のせいだわ。姿を現すたびに、不吉な気配を持ち込んでくる。ヴェラは大丈夫よ。

そう自分に言い聞かせたにもかかわらず、ナンシーはマスターズが立ち去ってからの一時間で、リッチモンド家へ様子を見に行く口実を十以上も考え出していた。ヴェラの姿は見当たらなかった。だからといって、帰宅したことを彼女が旗を掲げて知らせるはずもない。この一時間のうちに、家に帰ってきていることは考えられる。でももしそうなら、ヴェラのフォルクスワーゲン——ジャックがコルベットに乗って出かけているときは、その小型車を運転する——はリッチモンド家の私道に止めたままになっているんじゃないかしら。

ナンシーはリビングルームへ行って、外をのぞいた。

フォルクスワーゲンはリッチモンド家の私道にも、通りの路肩にも止まっていなかった。

もちろん、ヴェラが車庫に入れたということだってありうる。そうよ、憶測したって始まらないわ。なにかそれらしい口実でヴェラに電話して、大丈夫か確認するのが手っ取り早い。

ナンシーは玄関ホールの電話機のところへ行き、リッチモンド家に電話した。

呼び出し音が八回鳴っても応答がない。ナンシーは受話器を置いた。

ヴェラは家を留守にしているだけよ。でもそれなら、ヴェラが家にいるという気がしてしょうがないのはどうしてなの?

それなりの理由があって、ドアのチャイムにも電話にも出ないのかもしれない。いいえ、そんなことはありそうにない。腕のいい医者の妻なんだもの。どの電話だろうと、重要かもしれないから……

ナンシーの胸騒ぎは不安へと形を変えはじめた。いわれのないものであれ、ばかげているものであれ、なんであれ、その不安は耐えられないほどにふくらんでいく。彼女はそれを心から振り払う——無理な話だ——か、なにか行動を起こすしかなかった。

とにかく、リッチモンド家の母屋に隣接する車庫まで通りを走っていった。押し上げ方式のドアは下りていたが、ナンシーが背伸びをすればのぞき込めるほどの高さに、ごく小さな窓が三ついていた。爪先立ちになって車庫の内部をうかがうと、フォルクスワーゲンがあった。ヴェラがどこかへ出かけているのだとすれば、徒歩か、ジャックに送ってもらったことになる。だが、ヴェラは歩くのが嫌いだったし、ジャックはたいていヴェラがベッドを出るよりずっと早い時間に病院なり診療所なりに行ってしまう……

ナンシーは勝手口へまわった。躊躇したのはほんの一瞬だった。恐る恐るドアノブをまわしてドアを押す。意外にもドアは内側へ開いた。ヴェラが留守なら、施錠されていないのは奇妙なことだった。

ヴェラ・リッチモンドのキッチンへ足を踏み入れた。調整された空気はひんやりとして、心地よく乾き、軽やかで開放的な気分にしてくれる。だが同時に、ナンシーは一歩ごとに意志の力を要する重苦しい不安で押しつぶされそうになっていた。

彼女は息を殺して、頭を傾け、じっと耳を澄ませた。だが、なにも聞こえない。まさしく無人の家といった様相で、物音一つしなかった。

それでも、ナンシーは呼びかけた。「ヴェラ？」そして待つ。「ヴェラ！　いるの？」

返事はなかった。ナンシーは思いきって、玄関ホールまで足を進めた。

「ヴェラ？」

応答はない。

ナンシーはふと、この瞬間に玄関ドアが開いてヴェラが戻ってきたら、なんと言えばいいのかと思った。隣家に入り込んでいる現場を押さえられた場合、どう言い訳をする？　苛立ちに声をあげて笑った。そんなのどうでもいいことだわ。なにかがおかしいのはわかっている。ナンシーは意を決して、リッチモンド家の一段下がった位置にあるリビングルームへ行った。

見事な部屋で、かねてからナンシーは心ひそかに羨ましいと思っていた。けれども今は、なんの羨ましさも感じなかった。彼女は部屋の奥のさらしマホガニー製のドアにすっかり気をとられていた。

ドアの向こうはジャックの書斎だ。

ドアの向こうになにか恐ろしいものが横たわっている。ナンシーにはわかっていた。どうしてわかったのかは不明だが、わかっていた。

夢遊病者のようにリビングルームを横切っていき、重いドアを開けてジャックの書斎をのぞき込むと、ナンシーが心の奥でそうだろうとわかっていたとおりに、ヴェラがいた。ドアの方に身体を向けて、大型の背もたれの高い革張りの椅子に座っている。誰かが入ってくるのを予感していたかのように、その場でじっと静かに待っていた。だが、彼女は死んでいた。

死んでいる……。ヴェラが死んでいると信じて疑わなかったナンシーは、ごくわずかにさえ中へ踏み込まなかった。ただその場に立ち尽くして、奇妙な隔絶した感覚で友人を見つめていた。焦る気持ちがすっかり消えていた。

ヴェラは死に臨んで、髪をきれいに整え、口紅と頬紅を差し、ぱりっとした鮮やかなサマードレスで装っていた。すごくきれいだわ、とナンシーは思った。それに、いたって穏やかだ。背後の大きなはめ殺しの窓はカーテンが引き開けられ、ベネチアンブラインド越しに入ってくる日射しが、磨き込まれた寄木張りの床の上で光の階段を形作っている……生から死への階段を。この世に別れを告げるには、まさにぴったりの部屋だった。

ヴェラが死んでいる。

ヴェラが死んでいる？　とうてい考えられないことだった。ヴェラはいつだってそこにいて、静かに微笑んでいて、有能で、でしゃばらない。〝わたしの三番目の腕〟がジャックの口癖だった。ヴェラはいつまでもそこにいて当たり前というような人物だった。

それが、なんの前触れもなく、不可解きわまりないことに、夫の椅子の中で事切れている。いったいどうしてこんなことに？　そうよ、ヴェラが美しい夏の朝に、髪を整えて、アイロンをかけたばかりの服を着て、化粧をして、椅子に座って死ぬはずがない。ええ、ありえないことよ！　けれども、現実だった。ヴェラなりの理由で、いかにも彼女らしい死に方と時間帯を選んでいた。

狂おしく室内に視線を巡らせたナンシーは、磨き込まれたマホガニー製のデスクに目を留めた。デスクと対になっている椅子はうしろに押しやられ、誰かが立ち上がって歩み去ったかのようだ。たしかに誰かはいた。ヴェラだ。そのデスクの上にある青いガラス製の文鎮の下に、ヴェラの力強い手書き文字で埋め尽くされた二枚の白い紙があった。死ぬ前にその椅子に腰を下ろして、おそらくは命が尽きるのを待ちながら書いたのだ。そう、その文鎮の下に置かれていたのは……

ナンシーは自分がデスクのそばにいることを意識して、愕然とした。いつ書斎に足を踏み入れたのか覚えがなかった。気がつくと、そこにいたのだ。そして指の爪の先でガラス製の文鎮を脇へ押しやって、紙には触れずにデスクに身をかがめ、ヴェラが書き残したものに目を走らせていた。

愛しいジャックへ
先日の夜に我が家のテラスでのことがあって以来、わたしにはいやになるくらいの確信でもって、マスターズ警部補が戻ってくるとわかっていたわ。今朝、彼はやってきた。玄関のチャイムを鳴らしたあと、家の裏にまわった。けれど、わたしが応答せずにいると、しばらくして彼は立ち去った。それで、自分がなにをしなければならないか悟ったの。許してね、あなた、わたしがあなたを許したように。
時間の問題だとはわかっていたし、待つのに疲れてしまったの。最初から気づいておくべきだったのは、あなたが疑われるだろうということと、最終的には、真相を突き止められようと突き止められまいと、わたしがあなたを窮地から救うしかないということ。言うまでもないことだけれど、わたしがなにをしたのか、あなたはずっとわかっていたわね。でも、一度として、責めも非難もせずにいてくれて、本当に感謝しているの。わたしが自分の犯したまちがいのせいであなたを苦しませる気は毛頭ないと、それとなく請け合おうとしたことを忘れないでいてくれればと願うわ。
たしかに、まちがいだった。実行したとたんにそう悟ったけれど、そのときにはもう手遅れだった。マスターズはやり手だわ。あの夜あったことをほぼすべて把握している。ただし、もっとも重要な点だけがわかっていない——犯人はあなたではなく、わたしだということとが。あの夜ラリーは事務所から電話してきた。あなたにかけてきたの。薬物を過剰に摂取していたけれど――わたしもすぐに同じことをするつもり――怖くなって、考えを変え、助けを求めてきたのよ。あなたは緊急の呼び出しを受けて出かけていたし、元看護師のわたしには、事態は一刻を争うとわかったから、わたしがラリーのもとへ行ったの。

ラリーはかわいそうなことをしたわ。できることなら、助けてあげたかったと心底思う。でも、事務所に到着して、ラリーがどうやってかわたしのために鍵をなんとか開けてくれていた裏口から入ったとき、彼はソファで深い昏睡状態にあった。それを目にした瞬間、くらくらするほどの天啓がひらめいて、わたしとあなたには決してつながることなく――そう思ったのよ――ライラから逃れる方法が頭に浮かんだの。薬物を飲んでいることで、ライラ殺害の容疑はラリーに向けられるはず……。ともあれ、わたしは事務室の中で立ったまま、ラリーが息絶えるのをじっと見つめて待った。いずれにしても、彼を救えたのかどうかわからない。わたしが事務室へ入ったとき、彼の中毒症状はもう手の施しようがない状態だった。でも、自分を正当化しているだけかもしれないわね。肝心なのは、救命措置をとろうとすることなく、彼を死なせてしまったこと。なにもしないことで、わたしが彼を殺したという気がする――そう、そもそもわたしが彼に薬物を飲ませたかのように。

ライラはわたしがこの手で息の根を止めたの。ラリーの事務所から家に戻ったとき、コナー家のライラの寝室にはまだ電気がついていたから、彼女が眠るまで待つしかなかった。本当にひやひやしたわ。だって、あなたがいつ病院から帰ってくるかわからなかったもの。それに実際、事をやり終えてベッドに入るかどうかのうちに、あなたが帰宅した。ライラを殺したことは後悔していない。ただ、なにもかもがあなたとわたしにとって裏目に出てしまったことが残念でならないわ。ライラの最大のミスは、わたしがどんな人間かを理解していなかったことね。彼女は手を替え品を替えてわたしを脅し、愚弄しはじめた。本気でわたしが屈すると考えていたのかしら。あなたを通してわたしにあれこれやっておいて？

どうやってライラを殺したのかや、エアコンの細工のことなど、こまごました話を繰り返しても意味がないわね。マスターズはすでに事件の全容を解明していて、さっき書いたとおり、勘違いしているのは犯人の正体だけ。でも、今朝うちを訪ねてきたということは、もう真犯人を突き止めたのだわ。

愛しいジャック、あなたは愚か者でも臆病者でもないと言ったけれど、わたしはその両方で……

遺書はそこで終わりではなかったが、ナンシーは読むのをやめた。すすり泣きながら向きを変えたとたん、息が喉元で詰まった。

ジャック・リッチモンドが戸口に立っていた。視線はナンシーに向けられていない。彼女がそこにいることもほとんど意識していないようだ。彼は老人さながらのどんよりした目で椅子の中の妻を見つめていた。顔色は灰色がかり、やっと口を開いたときの声は、まさにどんな人間らしさも感じられない抑揚に欠けたものだった。

「死んでいる」ジャックが言った。

返事を期待している言葉ではなかったので、ナンシーは無言のままでいた。そのあと視線を上げた彼女は、ジャックの背後にマスターズ警部補が立っているのに気づいた。警部補は先ほどからずっとそこにいたのだった。

だが、ナンシーが自分を取り戻して、慌てて書斎から走り出ていったのは、マスターズがいたからではなかった。ジャック・リッチモンドが口にした言葉のせいだ。

ヴェラの夫はナンシーに視線を向けると、背筋に冷たいものが走るほど丁寧な口調で言った。

「そろそろわたしたちだけにしていただけるかな？」

のちほど書斎から出てきたマスターズは、ナンシーに座って待っていてほしいと頼んでいたリビングルームへ行った。

「お待ちくださるようお願いして申し訳ありません、ハウエル夫人。あなたご自身、顔色がひどく悪いですね。供述はあとでとらせてもらってかまいません。お一人でご自宅に帰れますか?」

マスターズは他意がないことを無言で訴えるかのように、礼儀正しく、あるいは懇願するような態度で、ナンシーの方へわずかに身をかがめた。

だが、ナンシーは言った。「事実なんですの?」

「なにがですか、ハウエル夫人?」

「あなたが今朝ここへ来たのは、本当にヴェラを捕まえるためだったんですか?」

「そうです」マスターズが答えた。

ナンシーは沈黙した。ややあってから口を開いた。「どうしてわかったんです?」

「結局のところ、ラリー・コナーは自殺しようとしたのかもしれないと考え、それであれば、ラリーは途中で気が変わって、助けを呼ぼうとした——自殺を試みる者にはよくあるのです——可能性があると思い至ったのです。電話会社に問い合わせて、彼の電話を受けた交換手を見つけました。彼女は回線をつないだ先を覚えていました。リッチモンド家のジャック・リッチモンド医師です。もちろんラリーは、リッチモンド医師が緊急の呼び出しを受けて病院へ向かったことを知りません。

その後どうなったかはわかりきったことです。交換手がラリーの依頼でリッチモンド家に電話したとき、ジャック・リッチモンドが自宅にいなかったのであれば、電話はリッチモンドの妻がとったにちがいありません。それなら、ラリー・コナーと話し、彼が自分自身になにをしてしまったのかを聞き、助けてほしいと泣きつかれたのはヴェラ・リッチモンドです。明らかに急を要する状況で、彼女はかつて正看護師でした。夫は別の緊急事態で病院でしたし、時間が重要であることも承知していました。ラリー・コナーの必死の求めに自分が応じることにしたとしてもなんの不思議もありません。もしそうなら、ラリー・コナーの事務所に行ったのは、ジャックではなく、ヴェラです。彼女がラリーが死んでいるのを発見して——今ではわかっていることですが、彼が死んでいくままにして——そのあと、ライラ・コナーの殺害も含めて、あれこれ手を打ったわけです」

ナンシーは思わず知らず全身をわななかせていた。寒気がして震えが止まらない。膝を抱えて胸元へ引き寄せ、温かくしようとする。だが、それでも寒かった。

「信じられませんわ、ヴェラが……。ヴェラだけは露ほども疑いませんでしたもの」

マスターズが言った。「わたしも彼女に容疑の目を向けたのは最後の最後になってです、ハウエル夫人」

「ジャックはここでなにを見つけることになるのか、わかっていたにちがいありません。それを——受け入れたように思えましたもの」

「そういった事態になるのを恐れていたのですよ。さらに言えば、わたしもです。だからこそ、彼を探しに行ったのです」マスターズはためらいがちに言った。「そういう場合、夫には最初に知る権利がありますから」

「なんて思いやりがおありなのかしら、警部補さん」

「申し訳ありません」

「それは本心ですか？」ナンシーは厳しい表情になって叫ぶように言った。「とても信じられませんわ。あなたは——人の死で生計を立てている方じゃありませんか！　ラリーもライラもヴェラも——みんな死んでしまった。あなたがご満足ならいいんですけれど！」

マスターズは不当なそしりに異議は唱えなかった。

ナンシー・ハウエルのすぐあとから廊下を歩いてキッチンを抜け、リッチモンド家の勝手口に立つと、焼けつくような日射しのもと、裏庭を走って横切っていく彼女を見送った。ナンシーが自宅の中へ姿を消したあとも、その場にたたずんでいた。自分は疲れ切って、胸にぽっかりと穴のあいた、肥満体のみっともない男だという気がした。マスターズが自分の人生で満足していることはさほど多くなかったし、それをどうこうしようとあがくのもとっくの昔にやめていた。ナンシー・ハウエルは芳《かぐわ》しいにおいがして、明日は今日よりましな一日にならないともかぎらなかったが、マスターズにはそうは思えなかった。

解説——クイーン、フローラ、そしてアリバイ

飯城勇三

ペーパーバック・オリジナルの終焉

〈エラリー・クイーン外典コレクション〉過去二巻の解説のくり返しになるが、クイーン名義のペーパーバック・オリジナルの企画は、クイーンのエージェントが発案し、ポケット・ブックス社に持ち込んだもの。代作者の作品を、マンフレッド・リーがプロットの段階から何度もチェックして、クイーン名義で出すという方式だった。まず、ポケット・ブックス社が一九六一年から一九六六年までに十五作を刊行。本叢書第一巻の『チェスプレイヤーの密室』は、その中の一冊となる。

一九六六年からはポケット・ブックス社を離れ、ポピュラー・ライブラリー社から六冊、デル社から三冊が刊行。前者の一冊が、本叢書第二巻の『摩天楼のクローズドサークル』である。

そして、その次は、ランサー社に移籍。これまでの三社と比べると、明らかに格下の出版社なので、ポピュラー・ライブラリー社とデル社での売れ行きが落ちたために契約が切られたと思われる。ランサー社からは五冊が出たが、リーが一九七一年に死去したことに伴い、企画は終了。もともとフレデリック・ダネイの方は、最初からこの企画には反対だったが、リーのために黙認していたらしい。従兄《いとこ》が死んだ後も続ける気はなかったのだろう。

ではここで、ランサー社の作品リストを挙げておく。既刊二冊の解説と同様、今回も、F・M・ネヴィンズのクイーン評伝『推理の芸術（The Art of Detection）』を参考にさせてもらった。

ランサー社

①A STUDY IN TERROR(1966)　ポール・W・フェアマン代作
『恐怖の研究』ハヤカワ・ミステリ文庫他
②GUESS WHO'S COMING TO KILL YOU?(1968)　ウォルト・シェルドン代作
※以下は〈トラブルシューター〉マイカ・マッコール・シリーズ
③THE CAMPUS MURDERS(1969)　ギル・ブルーア代作
④THE BLACK HEARTS MURDERS(1970)　リチャード・デミング代作
⑤THE BLUE MOVIE MURDERS(1972)　エドワード・D・ホック代作

『青の殺人』原書房

右の五冊の内、①だけは作品の成立事情が異なるので、ここで触れておこう。この作は、一九六五年公開の同題映画のノヴェライゼーション。出版社は、最初はジョン・ディクスン・カーに声をかけたが、カーは断り、友人のクイーンを紹介したらしい。クイーンは引き受け、映画のストーリーをポール・W・フェアマン（SF作家だがミステリも書き、「エラリー・クイーンズ・ミステリマガジン」にも短篇を発表している）に小説化させた。そして、自身はその外枠部分――探偵エラリーが登場する映画にはない部分――を執筆し、映画の小説化を作中作に仕立てたのだ。

これはあくまでも推測だが、ペーパーバック・オリジナルの企画がデル社とポピュラー・ライブラリー社で打ち切られた後、ランサー社が引き継いだのは、この時の実績があったからではないだろうか？

もう一作、⑤も他の作品とは異なる点がある。それは、リーがホックの書いたプロットにＯＫを出した後に死去したため、ダネイが最終チェックを行ったこと。このあたりの詳しい事情は、『青の殺人』の解説を参照してほしい。

フレッチャー・フローラ

ここまでランサー社のペーパーバック・オリジナルについて語ってきたが、本作は『チェスプレイヤーの密室』と同じポケット・ブックス社から、一九六四年に刊行。代作者のフレッチャー・フローラ（一九一四〜一九六八）は、これまで雑誌やアンソロジーに短篇が訳された程度なので、本書が初の単行本となる。そこで、簡単ではあるが、ここで紹介しておこう。

まずは略歴から。以下に訳したのは、フローラの短篇「焦熱地帯」が「エラリー・クイーンズ・ミステリマガジン（ＥＱＭＭ）」一九五二年十月号に掲載された際にクイーンが添えたコメント。この短篇は、彼のＥＱＭＭ初登場作なので、クイーンが作者にプロフィールの提出を求めたのだろう。なお、短篇の邦訳は早川書房の日本版ＥＱＭＭ一九五九年八月号に掲載されているが、コメント自体は訳されていない。

「焦熱地帯」の作者は、一九三八年に〈カンサス教育大学〉を卒業。その後、高校教師となり、家計を助けるため、夏休みは〈カンサス大学〉で卒業関係の仕事を有給で引き受けていました。戦争になると、フレッチャー・フローラは第三十二部隊として海外に派兵。ルソン島の激しい戦闘で爆弾の破片をいくつか受け、戦争が終わるまで、フォート・レヴンワースで合衆国教化隊の教育部門の教師と主任を務めました。爆弾の破片を受けた身になる前に、彼は妻と息子を持つ身になり、受けた後には、さらに息子と娘を一人ずつ授かりました。

フローラ氏の創作に対する熱い思いは、以前から、そう、かなり前からありました。ただし、実際に本腰を入れて書くようになってから――パートタイムのスケジュールに入れるようになってから――まだ二年もたっていません。それなのに、パートタイムで執筆するようになった最初の一年間だけで、半ダースもの作品を売っているのです。これは立派な成果だと言えるでしょう。フローラ氏は、いつかは自分の時間をすべて執筆に費やしたいと望んでいます。もし、彼のEQMMでのデビューを、将来の何らかの根拠にしても良いならば、私たちは、フローラ氏はその野心を実現すると思っています。「焦熱地帯」は、実に巧みな物語で――EQMMの第七回年次コンテストで特別賞を獲得し、しかもそれは、堂々たる受賞だったのですから。

EQMM年次コンテストの「特別賞」について補足しておくと、これは第三席までに入らなかったが優れている作に与えられる賞。といっても、この年ではパトリック・クェンティンの「鳩の好きな女」やW・ハイデンフェルドの「〈引立て役倶楽部〉の不快な事件」も同じ位置であることからわかるように、かなりハードルは高い。

そして、これ以降の活躍については、ハヤカワ・ミステリマガジン二〇一三年四月号の小鷹信光氏の文に頼ろう。氏によると、フレッチャー・フローラは、ミステリ専門の作家にはならなかったらしく、レズビアン小説、歴史ロマンス、現代風俗小説なども発表している。ミステリの長篇は五作だが、他にエラリー・クイーンの代作が（本作を含めて）三作、スチュアート・パーマーの未完のヒルデガード・ウィザーズものを書き継いだ長篇が一作。ミステリ短篇は百三十作以上あり、主に「エラリー・クイーンズ・ミステリマガジン」、「アルフレッド・ヒッチコック・ミステリマガジン」、「マイク・シェーン・ミステリマガジン」、「マンハント」誌に発表されている。

邦訳を見た限りでは、「マンハント」が最も多いので、ハードボイルド作家だと思っている人が大部分かもしれない。だが、未訳作まで含めると、「ヒッチコック・マガジン」が最多で、作風も「オチのある犯罪小説」が多い。ただし、作風に関しては、〝ヒッチコック風〟とも〝ハードボイルド風〟とも言えない部分を持っている。この点については、『Twentieth Century Crime and Mystery Writers Second Edition』（一九八五）のフローラの項に添えられたビル・プロンジーニのコメントを紹介しよう。

彼の長篇は——一作を除いて——成功とは言えない。その理由の一つは、入り組んだプロット作りよりも、文体や人物描写に力を注いでいることにある。

興味深いことに、日本にも、よく似た見方をしている文があるのだ。それは、日本版「マンハント」一九六三年六月号に掲載された、片岡義男氏のフレッチャー・フローラ紹介文「人形つかいの素顔」である。

はっきり言うけど、ミステリィ・ライターとしての彼よりも、通俗小説作家としての彼を僕は好む。通俗小説といっても、ミステリィがかった風俗小説みたいなものだけど、たとえばこの分野での代表作『肉体の囁き (Whisper of the Flesh)』を読むと、よくわかることだが、彼はストーリィの展開よりも人間どうしのからみあいに重点をおいているようだ。いく人かの人間の集まりの中に必ず発生する感情の動き、もつれ、すれちがい。そこからひきおこされるいくつかの悲劇。その悲劇が終りになったときのむなしさ。ひとり残されたうつろな心。そんなところに彼の興味の焦点がある、と僕はみている。

二人とも、「フレッチャー・フローラは、プロットよりもキャラクターを描くことを重視している」と言っているのではないだろうか？　もっとも、ここで「クイーンは『焦熱地帯』を〝巧みな物語〟と評しているじゃないか」という反論をする人がいるかもしれない。だが、クイーンが「巧み」と言っているのは、プロットではないのだ。本作は、「男が妻殺しの顚末を語る」というありふれたストーリーで、その殺害方法も、妻が入浴中の風呂に電熱器を落とす、という陳腐なものに過ぎない。この作の意外性は、「男はどこでこの話を語っているか」という点にあり、しかも、それについては、きちんと伏線が張られているのだ。クイーンが誉めているのは、この部分なのだろう。

さらに、私自身が今回、未読の短篇を読んでみたり、既読の短篇を再読したりした印象も、ここで書かせてもらおう。まず、「ヒッチコック・マガジン」を代表するヘンリー・スレッサーやジャック・リッチーと比べると、主人公（視点人物）の内面描写が多い。加えて、他の作中人物も、主人公との対話によって、内面が浮かび上がるように描かれている。しかし、だからといって、「マンハント」風のハードボイルドとも言いづらい。主人公が私立探偵や警察といった捜査側の人間でもないし、犯罪者でもない（少なくとも、冒頭では）からだ。これはあくまでも私個人の意見だが、最も作風が近いのは、ジェイムズ・M・ケインだろう。彼の「冷蔵庫の中の赤ん坊」や「牧歌」といった短篇と近い感触の作品がいくつもあるし、前記の片岡義男氏の文と併せて訳された「はるかなるカンサス・シティ」などは、フローラ版『郵便配達は二度ベルを鳴らす』といった趣《おもむ》きである。――もちろん、出来にはかなり差があるのだが。

では、そのフレッチャー・フローラが、クイーン名義の作で、どのような物語を、そして、どのような人物を描いたのだろうか? まずは、本作に対するF・M・ネヴィンズの評を、『推理の芸術』から抜き出してみよう。

『熱く冷たいアリバイ』

クイーンの署名に隠れた二度めの試みで、フレッチャー・フローラは、代作されたペーパーバック・シリーズ第一弾の十五冊の中で、最も見事で真にクイーンらしい作品を生み出した。『熱く冷たいアリバイ』は、「ハードカバーのクイーンとそこそこ似てはいる」というアンソニー・バウチャーの好意的な書評によれば、巧みな人物描写を提供しているのみならず、同じように巧みに扱われた殺人のプロットも提供している、とのこと。そして、(私の見るところでは) 比類なきエラリーにふさわしい鉄のように堅い論理を用いて、証拠から複雑な犯行工作をあばいている。ここには、主流文学のファンだけでなく、探偵小説愛好者にとっても美味なごちそうがある。

バウチャー、ネヴィンズ共に、かなり誉めているのがわかると思う。「代作されたペーパーバック・シリーズ第一弾の十五冊」の中には『チェスプレイヤーの密室』も含まれているので、ネヴィンズはこれよりも上だと言っているわけである。私が、この〈エラリー・クイーン外典コレクション〉に、ジャック・ヴァンスやリチャード・デミングほど日本では知られていないフレッチャー・フローラの作を加えたのは、この評のためだと言っても、あながち間違いではない。

その絶賛対象の内、ネヴィンズが「主流文学のファン」にとって「美味なごちそう」だと言っているのは、バウチャーの言う「巧みな人物描写」のことだと思われる。クイーン・ファンならば、本作の〝近所に住む四組の夫婦の間だけで事件が展開する〟という並列的な設定が、クイーンの片割れ、フレデリック・ダネイが好んで使うものだと気づいたと思う。『盤面の敵』、『三角形の第四辺』、『最後の女』、数多くの短篇やラジオドラマ……。そして、クイーン・ファンならば、これらの作品において、事件関係者がA、B、C、と記号的に扱われることがあるのも知っていると思う。だが、本作はそうではない。四組の夫婦は、AやBやCといった記号では置き換えられない、個性を持った生身の人間として描かれているのだ。読者は、登場人物表に頼らずとも、彼らを区別できるに違いない（余談だが、本作の登場人物表の文章は、『チェスプレイヤーの密室』と同じなので、代作者ではなく、マンフレッド・リーが書いたものだと思われる）。

また、探偵役のマスターズ警部補も、かなり陰影のある人物として、しっかりと内面の描写がなされている。典型的なペーパーバック・ヒーローとして描かれている、『チェスプレイヤーの密室』のタール警視や、『摩天楼のクローズドサークル』のティム・コリガン警部と比べると、その深さと陰がわかるだろう。本作において、片岡義男氏が言う「ひとり残されたうつろな心」が当てはまるのは、マスターズ警部補なのだ。

なお、描写については、第八章にも注目してほしい。本作は、基本的にナンシーか警部補の視点で描かれているのだが、ここではリッチモンド夫妻だけ、ウォルターズ夫妻だけの場面がある。ごく短いシーンではあるが、夫婦のお互いに対する思いが鮮やかに浮かび出ているのがわかると思う。また、真相がわかった後でこの章を読み返してみたならば、その巧妙さに舌を巻くに違いない。

もっとも、これは当然のことでもある。もともと人物描写に力を入れていたフレッチャー・フローラが、『災厄の町』以降の作で卓越した人物描写を見せたマンフレッド・リーと組んだのだ。作中人物が

生き生きとしていなければ、その方がおかしいではないか。

一方、フローラが力を入れていない（とプロンジーニに言われている）プロットに関しても、かなり巧妙に組み立てられている。

冒頭では、妻を殺した夫が自殺した事件のように見える。だが、現場に残された手がかりから、そうではない可能性が高まる。死んだのはどちらが先なのか？　一方がもう一方を殺したのか？　誰かが二人を殺したのか？　……本書の本格ミステリとしてのポイントは、この〝事件の構図探し〟だろう。

だが、真の構図はなかなかわからない。犯人が二つの犯行現場のエアコンを操作し、死体の死亡時刻を特定できないようにしたからだ（この時代のエアコンには、まだタイマーがついていなかったらしい）。それでも警部補は、捜査と推理を重ね、照明や鍵や凶器などから、真の〝事件の構図〟を見つけ出そうとする……。

最後に明らかになる事件の構図は、単純でありながら、読者の盲点を突いている。しかも、真の構図がわかった瞬間に犯人も明らかになる、という鮮やかなプロットなのだ。おそらく、「なぜ気づかなかったんだ」と悔しがる読者は少なくないだろう。

そしてまた、構図を変えるデータが提示されるたびに、警部補やナンシーが検討を行うシーンが描かれているのも、本格ミステリとして高く評価できる。実のところ、事件が起こってからは、〝事件の捜査〟と〝新たに見つかったデータの検討〟しか描かれていないのだ。これが、中盤以降も事件が起こる既刊二作との違いであり、ネヴィンズが絶賛した理由も、ここにあるのだろう。つまり本作は、「国名シリーズの捜査」と「ライツヴィル・シリーズの人物」を兼ね備えているわけである。――というのは、さすがに誉めすぎなので、これから読む人は、頭に「ペーパーバック・オリジナルとしては」を付けて、クイーンの傑作レベルは期待しないで楽しんでほしい。

しかし、なぜフローラは、これだけ巧妙なプロットを案出できたのだろうか？　あくまでも推測にすぎないが、私は、リーがプロットにかなり口を出したためだと考えている。初稿では単純だったプロットが、リーのアドバイスによって、どんどん複雑になり、データが追加されていったのではないだろうか？

私のこの推測には、二つの根拠がある。一つめは、前述のプロンジーニの文。彼は「フローラの長篇は一作を除いて成功とは言えない」という意味の文を書いているが、この一作とは、『Skuldoggery』という長篇で、発表は一九六七年。つまり、クイーンの代作を行った〝後〟なのだ。一方、「失敗作」は、すべて代作より前に書かれている。フローラが成長した理由の一つに、リーとの共同作業があったと考えても、おかしくはないだろう。

二つめの根拠は、本作のプロットに、クイーン聖典を感じさせる部分があるということ。こちらについては、真相を明かさなければ語れないので、先に本文を読んでもらいたい。

『熱く冷たいアリバイ』――裏

※以下は本編読了後に読んでください。

本作の本格ミステリとしての最大の魅力がプロットにあることは、読み終えた人には同意してもらえると思う。前節にも書いたが、まず、捜査の最初の段階で、「ラリー・コナーが妻ライラを殺した後で自殺した」という構図が提示される。その後、捜査が進むにつれて、構図は徐々に形を変えていく。そして、事件関係者が集まる中、マスターズ警部補が「犯人はこのテラスにいます」と宣言。続いて、ジャック・リッチモンド医師を犯人だと指摘する。

――ここまでも充分、クイーン風本格ミステリと呼ぶことができるが、重要なのは、この次の展開。なんと、ジャックにはアリバイがあったのだ。ここで大部分の読者は、「警部補はいかにしてアリバイを崩すか」を軸にしたストーリーが終盤に展開されると考えるに違いない。だが、その予想はひっくり返される。ジャックのアリバイは本物で、真犯人はその妻のヴェラだったのだ。

このどんでん返しは、実に見事である。もちろん、ヴェラは容疑者の一人なので、〝意外な犯人〟というわけではない。見事なのは、ヴェラ犯人説を裏付けるデータが、ジャック犯人説のデータとからめて、さりげなく提示されている点なのだ。

例えば、動機を見てみよう。警部補に犯人だと指摘されたジャックは、「わたしがライラと浮気していたことを妻（ヴェラ）は知っているので殺人の動機はない」と言い、ヴェラはそれを裏付ける。このシーンは、表面上は「ジャックに動機がない」というデータだが、その背後に、「ヴェラには動機がある」というデータが隠されているのだ。作者（リー？　フローラ？）はさらに、この直後、警部補に「夫がベッドをともにしていたと告白した相手の隣で生活するのはかなり苦痛ではありませんでしたか？」という質問をさせ、ヴェラに「ええ、警部補さん、苦痛でしたわ。（略）でも、ほかにどうできたでしょう？　逃げ出す？」という答えをさせ、動機を強調している。言うまでもなく、逃げ出すことができないヴェラが苦痛から解放されるには、ライラを殺すしかなかったわけである。

あるいは、機会を見てみよう。犯人を特定するための重要なデータとして、〝ラリーがジャックの家に電話をかけた場合、応対するのはヴェラしかいなかった〟というものがある。なぜならば、ジャックはその時、家ではなく病院にいたからだ。つまり、「ジャックが病院にいた」というアリバイは、同時に、「ヴェラしか家にいなかった」という重要なデータをも提示していたわけである。

そして、この「Aに関するデータの背後でBに関するデータを提示する」というテクニックは、クイーンが得意にしている手なのだ。作例はいくつもあるが、ここでは、中期の傑作を挙げよう。

この作品では、物語の終盤で、エラリーはAという人物が犯人だと指摘し、裏付け捜査が行われる。その結果、Aは妻に気づかれずに殺人を犯すことが可能であり、しかも、夫婦に起こった過去のある出来事が殺人の動機になっていることが判明する。——だが、犯人はAの妻のBだった。つまり、「Aは妻に気づかれずに殺人を犯すことが可能である」というデータは、「Bは夫に気づかれずに殺人を犯すことが可能である」というデータであり、過去のある出来事は、Aだけではなく Bの動機にもなり得たというわけである。

もう一つ、私がクイーンらしさを感じたのは、前述の第八章の描写。ジャックとヴェラのリッチモンド夫妻が、二人だけで、事件について話している場面である。ヴェラの遺書に出てくる「わたしが自分の犯したまちがいのせいであなたを苦しめる気は毛頭ないと、それとなく請け合おうとした」のは、間違いなく、この場面だろう。そこで、ヴェラが犯人であり、自分が疑われることよりも、夫が疑われることを恐れている点を頭に入れて、この場面を読み返してほしい。ヴェラの「あの警部補が捜査を続けたら、あなたがライラと関係していたことを突き止めてしまうかもしれない」や、「でも、本当に病院から一歩も出ていないと証明できるの？」や、「告訴されたら、あなたはどうするの？　わたしはどうすればいいの？」といった言葉が、まったく別の意味を持って、浮かび上がってくるに違いない。

そして、クイーンの『災厄の町』以降の作品においても、同じ手が使われているのだ。犯人が本音を漏らしているにもかかわらず、読者はそれを別の意味に解釈してしまう、という手が……。

……と、誉めてばかりでは不公平だろう。もちろん、本作にはいくつも欠点がある。その中で最も大きく、また、クイーン作品にはめったにない欠点としては、「探偵役が真相を推理していない」点が挙げられるだろう。犯行現場で電話を見た警部補が、自殺を図ったラリーが電話をかけたという仮説を思いつき、電話交換手に問い合わせたところ、裏付けを得ることができた——というのは、思いつきがたまたま的中しただけであって、推理とはほど遠い。フレデリック・ダネイがプロットを考えたならば、ラリーが自ら抱水クロラールを飲んだことも、どこかに電話をかけたことも、手がかりに基づく推理によって導き出したはずである。

最後に、題名について。原題の『Blow Hot,Blow Cold』というのは、冒頭に掲げられている寓話から来ていて、一般的には「感情や意見をころころ変える」という意味で使われている。おそらく、移り気なライラのことを指しているのだろう。ただし、文字通り「暖めたり、冷やしたり」と解釈して、エアコンを利用した死亡時刻誤認トリックを示唆しているとも考えられる。このあたりのネーミングのセンスを見ると、リーが考えた可能性が高い（『チェスプレイヤーの密室』の解説に書いたが、リーは代作者ジャック・ヴァンスが考えた題名を変えている）。邦題は、後者の解釈を採用して、それに――前述の「ジャックのアリバイは偽ではないか」というミスリードを補強するために――「アリバイ」を添えたものである。読者は、ジャック・リッチモンドが死体を「暖めたり、冷やしたり」して「アリバイ」工作を行ったと考えてくれただろうか……。

〈エラリー・クイーン外典コレクション〉の三作によって、みなさんは、クイーン的な要素を持ち、優れた本格ミステリでありながら、代作者の個性も発揮された、それぞれ異なるタイプの作品を楽しめたと思う。もちろん、つまらないと思う読者も、高く評価しない読者もいるだろう。だが、そういう人たちでも、クイーンのペーパーバック・オリジナルに対する評価は、以前よりも上がったのではないだろうか。

今回の企画では、三作の代作者の重複を避け、異なるタイプの本格ミステリを選ぶようにした。ただし、個人的には、ジャック・ヴァンスとリチャード・デミングに関しては、それぞれもう一作くらいは訳す価値があると思っている。増巻の企画が実現するよう、みなさんの声援をお願いしたい。

【著者】エラリー・クイーン　*Ellery Queen*
フレデリック・ダネイとマンフレッド・リーの合作ペンネーム。ミステリ界を代表する作家。英米のみならず日本のミステリ作家にも多大な影響を与えている。主な作品に『ローマ帽子の謎』『ギリシャ棺の謎』『災厄の町』『Yの悲劇』（バーナビー・ロス名義）など多数。

【訳者】森沢くみ子　もりさわ・くみこ
英米翻訳家。主な訳書にキース『ムーンズエンド荘の殺人』、スレッサー『最期の言葉』、キング『ロンドン幽霊列車の謎　辻馬車探偵ネッドの事件簿』、グレイム『エドウィン・ドルードのエピローグ』など。

エラリー・クイーン外典《がいてん》コレクション③
熱《あつ》く冷《つめ》たいアリバイ

❖

2016年1月29日　第1刷

著者…………エラリー・クイーン
訳者…………森沢《もりさわ》くみ子《こ》

装幀…………藤田美咲
発行者…………成瀬雅人
発行所…………株式会社原書房
〒160-0022 東京都新宿区新宿 1-25-13
電話・代表 03（3354）0685
http://www.harashobo.co.jp
振替・00150-6-151594

印刷…………新灯印刷株式会社
製本…………東京美術紙工協業組合

ISBN978-4-562-05282-0, Printed in Japan